育成者、迷宮都市へ――。

辺境都市の育成者
ハル

いつも笑顔な、辺境都市の廃教会に住む青年。ケーキなどのお菓子作りも得意で、よくお茶をしている。だが、その実態は大陸に名が響く弟子たちを育てた『育成者』で――!?

【不倒】
迷都最強クランの副長
タチアナ

迷宮都市最強クラン【薔薇の庭園】の副長。貧乏くじを引かされることが多い。ハルとともに迷宮都市へ帰還。

辺境都市の育成者

The mentor in a frontier city

3

迷宮の蒼薔薇

The blue rose in dungeon

ハルが……えて作った魔杖。……形態に変化することもできる。ハルとレベッカを親のように思っている。

「舐めないでよねっ!」
ヴィヴィ
【薔薇の庭園】若手の一人。槍を操る前衛。快活で猪突猛進な性格。

「手加減しませんっ！」
ソニヤ
【薔薇の庭園】若手の一人。【千射】に憧れるダークエルフの弓使い。
「『紅蓮』！」
マーサ
【薔薇の庭園】若手の一人。ハナの直属の弟子。やや気弱な魔法士。
迷宮都市の冒険者たち

「ハナ、徹底的に洗いますよっ！」
「ちょ、ちょっとタチアナ!?」

団長と副長の入浴

「……そうか、それが君の、
君達の答えなのか」
タチアナ
レベッカ
ハナ
ハル

【勇者】
育成者と勇者の亡霊

「……ついていけば良かったかなぁ」
【灰燼の魔女】
大陸七位の魔法士
ハナ
ドワーフ族の少女。ハルの弟子で【薔薇の庭園】の団長をしており、迷宮都市において最強として君臨している。本気を出すと魔杖『七月七星』を手にする。双子の妹とは仲が悪い。

辺境都市の育成者3

迷宮の蒼薔薇

七野りく

ファンタジア文庫

3078

口絵・本文イラスト　福きつね

CONTENTS

辺境都市の育成者

3

迷宮の蒼薔薇

The mentor in a frontier city　The blue rose in dungeon

プロローグ

「それじゃ、少しだけギルド長と話してきます。……レベッカさん　絶対、絶対、逃げないでくださいね？　今日の競売の主役なんですから！」

「分かってるわよ、ジゼル。大人しくしておくわ。さ、行って、行って」

ロートリンゲン帝国帝都ギルハ。冒険者ギルド本部最上層特別室。

淡い紫のドレスを身に纏った私は豪奢な椅子に座ったまま、長く淡い茶髪で、冒険者ギルド職員の制服を着ている少女――専属窓口のジゼルへ手をひらひらさせた。

「……信じていいんですね？　ハルさんを追いかけない、と約束してくれますね？」

「約束する、約束する～。私が倒した雷龍素材の競売だしね。ほら、行ってきなさい。どうせなら二人で見物しましょ」

古い木製テーブルに頰杖をつき、指で白金の髪を弄る。

眼下の大広場に集まっている商人や貴族達をちらり。随分といるわね。

ジゼルが瞳を潤ませる。

「レ、レベッカさん、そんなに私のことを……すぐ、戻って来ますねっ！」

辺境都市以来の友人は仰々しく敬礼して部屋を出て行った。大袈裟(おおげさ)ねぇ。

——感謝はしているわよ、ええ、感謝は。

扉が閉まったのを確認し、テーブル上に置かれている資料を手に取る。

『雷龍素材予想落札額』

「へぇ……鱗(うろこ)一枚、白金貨千枚もするのね」

帝国の貨幣制度は上から翠(すい)金貨・白金貨・金貨・銀貨・銅貨。

今晩の競売だけで、二年前の私なら卒倒しかねない金額が動くようだ。

白金貨千枚って、私の故国のレナント王国だと下手な貴族位が買えるんだけど……。

資料を置き、私はジゼルの魔力を探る——階を降りたようね。良し！

帝国辺境都市ユキハナで【育成者】と嘯(うそぶ)く黒髪眼鏡の師匠——ハルから贈られた雷龍の剣と外套(がいとう)を道具袋から取り出し、立ち上がる。

……悪いわね、ジゼル。

今の私にとって、最優先事項はハルなのよ！

雷龍素材の競売や、帝国のお偉い方との懇談とか、どーでもいいのっ！

一度はハルの言葉に納得したけど、私も迷宮都市へ——

「ダメですよ、レベッカ。貴女は、競売が終わるまでお留守番です♪　私達と一緒に★」

「⁉」

突然、後方から声がした。

こ、この声……恐々、振り返る。

「メ、メル⁉　い、い、何時の間に！？！！」

「うふふ♪　まだまだですね。さ、座ってください、【雷姫】様★」

そこにいたのは、伊達眼鏡をかけ、光り輝く長い白金の後ろ髪を橙色のリボンで結った、ハーフエルフの美女。珍しくドレス姿だ。凄く色っぽい……。

この女性は、大陸に武名を轟かせる精鋭クラン【盟約の桜花】副長、【閃華】のメル。

——私の姉弟子でもある。

脱出路を探るも……くっ！　無数の魔法が張り巡らされているわね。

同じ冒険者の最高峰である特階位であっても、メルは私よりも数段強いのだ。

椅子に座り、上半身をテーブルに投げ出し、ジタバタ。

ジゼルが『着てくださいっ！』と押し付けてきた、大人っぽいドレスに皺がつく。

「私もハルと一緒に、迷宮都市へ行きたかったのにぃ……」

黒髪眼鏡の青年は二日前から、迷宮都市ラビリヤへ出向いている。

……しかも、一人の美少女を伴って。

メルが呆れた声を発した。

「子供みたいなことを言わないでください。……気持ちは分かりますが」

「でしょう？　でしょう？　……ねぇ、メル？　私と一緒に」

「レベッカさ～ん、魔石に魔力を込めてくださ～い」「失礼致します」

抜け出さない？　と言い終える前に扉が開いた。

極薄い翠髪で、可愛らしい翠のドレス。胸元に古いブローチを着け、小箱と古い手帳を持っている少女と、ケーキが載っている木製トレイを手に持った茶髪のメイド——一昨日、私の妹弟子になったばかりのタバサ・シキとニーナが部屋へ入って来る。

……私がこの子達の接近に気付かなかった？

メルを見やると片目を瞑ってくる。魔法で二人の気配を消していたらしい。ジゼルにもかけているのだろう。

ううう……薄情者ぉぉぉ……。

タバサは近づいて来て隣に座り、訳知り顔で左手の人差し指を立てた。

十大財閥の一角、【宝玉】シキ家御令嬢だけあって、ドレスは着慣れた様子だ。

「レベッカさん、いい加減、諦めた方が良いですよ？　この競売、最低でも一週間、白熱すると半月以上続くみたいですし。そうよね、ニーナ？」

タバサは、テーブル上でチーズケーキを切り分けているメイドへと話題を振った。

「その通りです。しかも、今回の競売品は質、量共に昨今ない物。一ヶ月は続くものと。その頃には、ハル様もユキハナへ帰還されているのでは？　メルさん、どうぞ」

「わぁぁ、美味しそう♪　ハル様のレシピですか？」

ニーナが頷き、私にもケーキを切り分け、小皿を置いてくれた。

「まだまだ足下にも及びませんが……」

「継続は力、ですよ。お菓子作りに必要な物があるなら何でも言ってくださいね。帝都にいながら、ハル様のお菓子を食べられるようになるのなら――不肖、【閃華】のメル。労は惜しみませんっ！　貴女とタバサは私の妹弟子。遠慮は無用です☆」

「……はい、ありがとうございます」

はにかむメイドを見て、メルは嬉しそうに顔を綻ばせた。

……私には厳しいのにぃぃ。

タバサが紅茶のカップを手に取り、ニヤニヤ。

「レベッカさん、そんなにハルさんが心配なんですかぁ？　それともぉ……タチアナさんと一緒なのが不安なんですかぁ？」

「!? そ、そんなこと、にゃい、わよ……べ、別に、タ、タチアナとハルは今頃、迷宮都市に着いて、二人きりで散策とかしているんだろうな、なんて——……はっ！」

　思わず本音が漏れてしまった。

　——タチアナ・ウェインライト。

　迷宮都市最強クラン【薔薇(ばら)の庭園】副長にして、【不倒】の異名を持つ特階位冒険者。

　私よりも美人で、性格も良くて、背も高く……胸も大きい。

　姉弟子と妹弟子達が声を合わせる。

「『ふ～ん♪』」

「くっ！　あ、あんた達っ！　すぐ仲良くなり過ぎなのよっ！」

　人見知りな私と異なり、この三人は人と関わることに躊躇(ちゅうちょ)しない。

　文句を言いながら、荒々しくチーズケーキにフォークを突き立て、口へ運ぶ。

　程よい甘さと微(かす)かに柑橘類(かんきつるい)の香り。ニーナへ素直に感想を告げる。

「——凄く美味しい」

「お口にあったようで何よりです。今日のはよく焼けたと思います。レベッカさんは珈琲(コーヒー)ですよね？　どうぞ」

「ありがと☆」

ニーナは洗練された動作でカップへ珈琲を注いでくれた。

メルが左手の人差し指を立てた。

「とにかく！　レベッカは帝都を離れちゃダメです。ジゼルさんが泣きます。……タバサは例の黒外套達の目標になった筈です。防衛体制が整うまでは、私達で護衛しないと」

「……分かってるわよ」

タバサの祖母、世界最高の宝飾師だった【宝玉】カガリ・シキは、生前ハルから依頼を受け、かつて世界を守護せし【女神】の遺した涙を磨く術を生涯に渡って研究していた。

そして、タバサの瞳はカガリと同じく【深淵を覗き込みし者の眼】。

つい先日戦った黒外套の男――ユヴランは【魔神】に執着し、その欠片を収集し、また、タバサの瞳にも強い興味を示していた。

私達の妹弟子を狙ってくる可能性は捨てきれない。

だけど、それでもっ！　私は彼と一緒にいたいのだ。

姉弟子へ事実を突きつける。

「そう言えば――メルは一昨日もハルに会えなかったわよね？」

「こふっ！」

ギルド本部へ来る前、兄弟子のトマに教えてもらった事実で畳みかける。彼自身は、待ち人があるらしく此処には来ていない。

「メル、サクラの宿痾に罹患したんですって？」

サクラとは【盟約の桜花】団長で大陸最高峰の剣士。【舞姫】の異名を持つ。

メルがあからさまに動揺。頑なに否定するが、ハルを慕いに慕っている姉弟子だ。

「⁉　……ち、違います。そ、そんなことありません。わ、私があの子の病にかかるなんて、あ、ある筈ないじゃないですかっ」

「はいっ！　レベッカ先生、質問ですっ‼　サクラさんの宿痾って何ですか？」

元気よくタバサが挙手した。ニーナも興味津々だ。

私はにこやかに教えてあげる。

「サクラはねぇ――ハルにとにかく会えないのよ。呪われてる？　と疑われているくらいに。それを、私達は『サクラの宿痾』って呼んでいるわ★　……うつるらしいわよ？」

「「…………」」

姉弟子がわざとらしく口元を押さえ、前のめりになった。効果ありっ！

妹弟子達は無言で私の後ろへ回り込み隠れた。

　メルが狼狽し、腕をぶんぶんさせる。

「！　タバサ⁉　ニーナ⁉　ど、どうして、私から離れるんですか！？！！　レベッカ！　妹弟子達を惑わさないでくださいっ‼」

「ええ、そうね。私はそんな宿痾、信じてないわ。――でも、事実としてメルは先日の悪魔討伐でも最後の止めを刺せなくてユキハナへ行けず、黒外套との戦いでも、結局ハルに会えなかった★」

「～～～～！」

　姉弟子は口をパクパク。指を弄り視線を彷徨わさせる。

　……いけるっ！

　下の広場が騒がしくなってきた。そろそろ競売が始まるようだ。

　にこやかに名前を呼ぶ。

「ね♪　メル～？」

「な、何ですか？　わ、私は本当に信じていません。ええ、信じていませんともっ！」

「――タバサの護衛、別に帝都でしなくてもいいんじゃない？　私達四人で迷宮都市に行けば、全て解決だと思うんだけど？」

「！」「レベッカさん？」「そ、それは……」

メルの綺麗な瞳が大きくなり、激しく葛藤。タバサとニーナが肩越しに顔を出す。

振り返り、メイドと視線を合わせる。

「ねぇ、ニーナ」

「私としましては、タバサ御嬢様を連れて迷宮都市へ出向くのは賛成しかね――」

「上手に焼けたチーズケーキ、ハルに食べてもらいたくはないかしら？」

「！」

「褒めてくれると思うわよ～？　『ニーナ、とても美味しいよ』って」

「褒め――わ、私は――……うぅ……」

頭を抱え、ニーナもまた葛藤。

ふっふっふっ……いけるっ！　これはいけるわっ‼　駄目を押す。

「大丈夫♪　お小言は貰うかもしれないけど、私達が行ったらハルは喜んでくれる！　メルはサクラの宿痾から快癒。ニーナは褒められる。ね？　誰も損をしないじゃない★」

「「……………」」

「レベッカさん、私を忘れてますっ！」

思い悩むメルとニーナを後目に、タバサがぴょんぴょん飛び跳ねる。

「タバサは別に反対しないでしょう？　迷宮都市、行ってみたくないの？」

「行ってみたいですっ！　……あ、あれ？　いいのかな？」

好奇心旺盛な妹弟子は少し考え、小首を傾げる。

……甘い、甘いわね、タバサ・シキ！

さて、と——じゃあ、後はみんなで抜け出して、

「レベッカさんっ！！！！　何処へ行こうとしているんですかっ！！！！」

入り口の扉が開け放たれ、髪を乱しながらジゼルが帰って来た。反動で豊かな胸が弾んでいる。

くっ！　もう少しだったのにっ‼　私は珈琲を飲む。

「……ジゼル、叫ばないでよ。何処にも行こうとなんかしていないわよ」

「到・底、信じられませんっ。私はメルさん、ニーナさんの『危なかった……』という顔を信じますっ！　幾らハルさん絡みでも、ダメなものはダメですっ！」

少女は大股で近づいてくると、テーブル上のチーズケーキを自分で切り分け、手でパクリ。顔を綻ばせ身体を揺らす。

「おいし〜♪　甘さが疲れた身体に染みますぅ……。疲れてます、私！」

私はカップを置き、両手を挙げた。

「あ～もうっ。分かったわよ。競売が終わるまでは大人しくするったら」

「……一昨日の報告書も書いてください。陽光教の大鐘塔を吹き飛ばしたんですよ？」

私は立ち上がって、予備のカップへ紅茶を注ぎ、猛る少女へ手渡す。

ジゼルは受け取り、一口飲んだ。

「あと、美味しい物を奢ってくださいっ！」

「いいわよ。競売分でいい？ 何かあったの？」

「……私の食費何百年分ですか、それ？ レベッカさんにお客様です」

「客？」

私はメルへ視線を向ける。首を振られた。【盟約の桜花】絡みじゃない、と。

それじゃあ――タバサも頭を振る。

「うちでもないです。ニーナ、お祖父様から何か聞いている？」

「いいえ。大旦那様からは何も。……御家は、今それどころではないかと」

タバサの祖父であるローマンと父親のラインハルトは、襲撃事件後、連日膝詰めで話し合いを続けていて競売に参加していない。

ジゼルを見つめると、瞳には強い緊張。

「御二人共、偶々帝都に御用事があったそうで、レベッカさんの顔を覗きに来た、と」

「二人？　それって――」


「邪魔をするっ！」「お邪魔しま～す」


「……うわ」「あらら」「？」「…………」

一切の気配もなく、部屋の入り口から入って来たのは、灰髪灰鬚で黒蒼の騎士服姿、腰に古い剣を提げている偉丈夫。

そして、茶髪を同色のリボンで一束にし、精緻な刺繍が施された純白のローブを着ている、小柄なドワーフの少女。

私は警戒心も外に出し、目を細める。

「……グレン、ルナ、何か私に用？」

偉丈夫――兄弟子のグレンが豪快に笑う。二十八歳、妻子持ちには見えないわね。

「はっはっはっ！　メルの姐御に挨拶と、特階位となった妹弟子の顔を見に来たっ！」

「は～い。私も～同じ。あと――」

「！」

ドワーフの少女――姉弟子のルナの姿が消え、空いている椅子へ一瞬で移動。タバサとニーナは目を白黒させ、手を握り締めている。

……戦術転移魔法を簡単に使わないでほしいわね。

「新しい妹が気になって～♪　貴女達がタバサとニーナかしらぁ？」

二人は目をぱちくりさせ、背筋を伸ばし挨拶をした。

「は、はいっ！　タバサ・シキです」「ニーナ、と申します」

「うふふ～♪　可愛い～。――ルナよ。よろしくね。メル姉様、お久しぶりです。あ～そうだ。姉様～西都へ来ませんか？　なにかと～物騒でぇ」

「……また暴れたみたいですね？　腐鬼の王を一蹴したとか？」

「お師匠から預かっている子の実戦訓練ついでですよぉ～。コマも頑張ってます」

コマ？　ハルが預けた？？

その名前、辺境都市で聞いたような気もするけれど……私はグレン、ルナへ問う。

「で……本題は？　【天騎士】と【天魔士】が二人揃って来て、それだけじゃないでしょう？」

「「えっ⁉」」

タバサ、ニーナが呆然。ジゼルは先程来、直立不動。

この二人こそ、巷で噂される世界最強【十傑】の一角にして、冒険者ギルドが公認する『世界最強前衛・後衛』。

気配すら感知出来なかった事実が、実力差を嫌でも認識させる。

そこであることを思い至り、私はグレンへ視線を向けた。

「ああ……トマの待ち人は貴方だったの」

「うむっ！　かなり修練を重ねていたな！　今は、クランの修練場で寝ているぞ！」

「顔を見に来たのも本当よ～。もう一つは――」

ルナが少しだけ真剣な表情になった。空気が一気に重くなる。

「お師匠が何をしているのかを教えてほしいの」

グレンが腕組みをし、後を引き継いだ。

「我等とて『耳』がある。エルミアの大姐御が、師匠に代わり動いているのは把握済みだ。ここ最近、帝国上層部の動きも奇妙でな……皇帝直轄部隊も迷宮都市へ出向いてるようだ。そこへ帝都での騒動。いい加減、事情を聞かせてもらいたい」

皇帝直轄部隊が迷宮都市へ？　異例中の異例ね。

メルは小さく息を吐き、口を開いた。

「……二人共、ハル様が御自身の杖を作られたのは聞いていますね？」

「うむ！　今度、手合わせを願うつもりだ」「お師匠が杖なんて、珍しいですよね～？」

「作った目的は──タバサ」

「あ、はーい」

妹弟子は小箱を開け、漆黒の小石を取り出した。

グレンとルナが目を細める。

「……これは」「……力を喪った《女神の涙》？　カガリ姉が持っていた物？」

「それだけじゃないわ」「ハル様は、《魔神の欠片》も一片お持ちです」

「！？！！　レ、レベッカさん、メ、メルさん、そ、その名前は……」

緊張しながらも話を聞いていたジゼルの顔が見る見る内に蒼くなっていく。

一般の人々からすれば、かつて世界を滅ぼしかけた三神の一柱たる、【魔神】は禁忌に近い存在。口にするだけでも呪われる、と実しやかに囁かれる存在なのだ。

グレンが顎鬚を触りながら頷いた。

「【魔神】絡みとはな。伝承によれば、分かれた十三片全てを集めれば、復活すると聞く。本当かどうかは誰にも分からぬが、師匠が動いている以上、現実となるのであろう。杖を作成されていたのは、その脅威に備えられる為か」

「当たりよ。一昨日、帝都で私達がやり合った相手は【全知】の遺児を名乗っただけでなく、欠片を集めようとしている。ハルは【魔神】復活を事前に防止しようとしているわ」

「〜〜〜⁉」

私の言葉を聞き、ジゼルが目を白黒させソファーに横たわった。

「ジゼルさん！」「大丈夫ですか？」

慌てて、タバサとニーナが介抱する。

――【全知】。

かつて、世界を字義通り救った大英雄にして、二百年前の【大崩壊】を引き起こし、世界を滅ぼしかけた者。

「【魔神】が復活すれば……」

ルナが顔を顰める。

「世界が終わりかねないわね〜。【女神】は死に、【龍神】は世界樹に引き籠って久しい。今の世界には【六英雄】も、【救世王】アーサー・ロートリンゲンのように、人を纏められる者もいない。……お師匠の『招集』がかかるかも？　最古参組も含めて」

「……あの方達もですか」「最古参組？」「はーい、ルナ先生、質問です！」

メルと私の言葉を遮り、タバサが再び挙手した。肝が据わってるわね。

「な〜に？」

「最古参組って、どなたですか？」

ルナがちらり、とグレンを見た。

【天騎士】様は、重々しく教えてくれる。

「――師匠の教え子は大陸中に散っている。その中でも、最も古くに教えを受けた方々を、便宜上、最古参組と呼んでいるのだ」

「何処にいるのか分からない人もいるけどね～。エルミア姉も最古参の御一人よ」

「……でしょうね」「分かる気がします」

私とニーナは納得する。あの似非メイドは恐ろしく強い。

タバサが小首を傾げ、カガリの手帳を捲りルナへ見せた。

「えっと……『ラヴィーナ姉様』という方も最古参の方ですか？」

「「…………」」

「……タバサ、ラヴィーナ姉様は確かに最古参の御一人です。しかし、人前で名前を出さない方が良いです」

【天騎士】【天魔士】【閃華】が揃って、険しい顔になった。……いったいどういう存在なのよ。

「……お話し中、失礼します」

ジゼルがよろよろと起き上がり、会話を遮った。視線が集中。

たじろぎつつも、内ポケットから封筒を取り出す。

「その……エルミア先輩から御手紙が届いています。レベッカさん宛です」

「エルミアが？」

普段はハルと一緒に辺境都市郊外の廃教会で暮らしていて、今はレナント王国内でサクラと赤龍討伐を行っている姉弟子の手紙を受け取り、開く。短文。

『ラヴィーナがハルの動きを訝しく思ってる。ルナとグレンが来たら、二人に事情を話しておいて。あの子はハル関連だと加減を知らない』

私が手紙をルナへ差し出すと、グレンも後ろから覗き込んだ。二人が顔を顰める。

「……【星落】の魔女が動く、かぁ」「……地図が変わるか、国が消えるか」

「「⁉」」「……わ、私は何も聞いていません……ま、【魔女】なんて……」

私、タバサとニーナは絶句し、ジゼルはソファーに飛び込み震えている。

【星落】って、【十傑】の一人じゃないっ！

そして——【魔女】とはかつて世界を支配した人にして人ならざる者の総称。

もう、滅んだと聞いていたけれど……私はルナへ視線を合わせた。

「ハルは今、迷宮都市へ向かってる。【灰燼】と欠片の封印方法を協議する為にね」

「──……そう」

ルナが寂しそうに視線を落とした。確か、双子の妹さんなのよね。

カン、カン、カン！

大広場から木槌が打ち鳴らされる音が聞こえてきた。

私は姉弟子達と兄弟子を見た。

「メル、グレン、ルナ、競売の間、【星落】について教えてくれる？　私達は知っておかないといけない気がするの」

「ハルさん、見えてきました——あそこが迷宮都市ラビリヤです♪」

街道沿いの岩に登り、都市中央にそびえ立ち夕陽の中に揺らめいている大時計塔を確認した私は、十数人の盗賊達を近くの木に魔法の鎖で縛りつけている黒髪眼鏡の青年——【育成者】を自称するハルさんへ報告しました。

青年の背中には長い白金髪の幼女——『意思持つ魔杖』レーベちゃんがすやすや。

周囲には盗賊達の砕けた剣や斧、槍や楯、鎧。

ハルさんは普段通りの穏やかな微笑を浮かべてくれます。

「お疲れ様、タチアナ。盗賊達はこのままでいいのかな？」

「良いと思います。ひょいっと」

スカートを押さえて岩から飛び降り、ハルさんへ近づきます。

縛られている髭面の盗賊の親玉が喚いてきました。

「くそっ！　何だ……いったい何なんだ、お前はっ⁉　剣も抜かず、鎧すら着ていないのに、どうして俺達の攻撃や魔法が効かないんだっ！」

「私はただの冒険者ですよ。相手が私達で運が良かったですね。この二日間で遭遇した盗賊全員もですけど」

本来、私達はとっくの昔に迷宮都市へ到着している筈でした。

しかし――転移の黒扉を潜り、迷宮都市近隣の廃墟へ転移した私達は、街道で盗賊団に遭遇。返り討ちにした後、ハルさんがこう提案されたのです。

『タチアナ、街道沿いの盗賊団を潰しながら進もうか？　君の【楯】の訓練にもなるし』

【楯】とは私の先天スキル【名も無き見えざる勇士の楯】のこと。

育成者様にそう言われてしまえば、否とは言えず……結果、道すがら二日間で三つ程の盗賊団を壊滅に追い込んだ、というわけです。

お陰で【楯】の最大十三枚展開にも慣れてきました。三枚しか顕現出来なかった頃に比べれば、私も成長したものです。

「ど、どういうことだっ！」

親玉が叫んできました。こうして見ると若い……二十代でしょうか。

「簡単な話です」

冷たく盗賊達を見渡します。装備はバラバラで種族の統一性も無し。瞳は敗北者のそれ。

――冒険者崩れ。

「迷宮都市ラビリヤには、街道警備任務を請け負うクランが複数存在しています。【紅炎騎士団】や【猛き獅子】辺りも出張ってきます。そして――あの人達は私達ほど優しくありません。意味は理解できますね？」

『～～～っ！』

男達の瞳には強い恐怖が浮かびます。

迷宮都市精鋭クランの名前はこういう時便利ですね。

――帝国西方における重要都市である、迷宮都市ラビリヤには種族・年齢・性別・職業の異なる様々な人間が連日、来訪します。

目的は都市中央に存在する【大迷宮】。

ある者は強さを。ある者は名声を。ある者は富を。ある者は強力な武具を得る為に。

その夢の大半が儚く破れ、場合によっては命を落としても、です。

けれど……この地を目指す人は絶えません。

自分達も必ず名を挙げ大陸西方に名を轟かせる冒険者に、次の【双襲】【戦斧】【光刃】になれるという自負を持って、今日もまた冒険者達は迷宮に挑み続けています。

「それじゃ、タチアナ、先を急ごうか。急がないと門が閉じてしまう。何、このまま放置しても一晩は大丈夫さ」

ハルさんが、わざとらしく意地悪を口にされました。大きく頷きます。

「そうですね♪　夜になると魔獣がうじゃうじゃ出て来るかもしれませんが、全員が食べられることはないでしょうし★」

『～～～っ！？！！！』

盗賊達の顔が見る見る内に蒼くなっていきます。

脅かすのはこれくらいでしょうか？　ハルさんへ目配せをします。

黒髪の青年が片目を瞑り、左手の指を鳴らすと、周囲に魔獣除けの結界が張り巡らされました。男達の表情にはあからさまな安堵。……甘いですね。

「貴方の苦難はこれからです。私達が迷宮都市へ到着し報告を終えたら、すぐに全員逮捕されるでしょう。盗賊行為は重罪。情状酌量はありません。大方、他地域で捕まらなかったから、という考えで悪事に手を染めたんでしょうが……残念でしたね」

私は腰に手をやり、怯える盗賊達へ勧告しました。

「此処は、帝国でも指折りの冒険者の激戦場である迷宮都市ラビリヤへと続く街道。この地で碌な覚悟も持たない者は生きていけません。命を拾ったことを感謝して、冷たい牢屋の中で反省してくださいね？」

＊

「良し、通れ。次――……こ、これは、【不倒】殿」

「こんばんは♪」

迷宮都市大正門前で、都市に出入りする者を監督していた顔馴染みの中隊長さんへ挨拶をし、私は冒険者証を机の上へ置きました。

既に陽は落ち、もう少し遅かったら門の外で朝まで野宿でした。

内部からは夜の喧騒が聞こえてきます。

――食べて、飲んで、笑って、怒って、泣いて、歌って、踊って。

それを毎夜毎夜、飽きもせず繰り返す。この巨大な城塞都市の日常です。

髭面の中隊長さんが私の冒険者証を手に取りました。

「失礼します」

迷宮都市ラビリヤは四方を五重の壁に囲まれていて、平時の出入りは大正門しか許されていません。

過去に、大迷宮から無数の魔獣が溢れ出した惨事——所謂『大氾濫』以降、取り決められたこの規定は、特階位であっても例外ではないんです。

そう言えば、ハルさんの証明はどうすれば——兵士達が私に気付きざわつき始めました。

「お、おい……」「ああ、【不倒】のタチアナだ」「お、俺、初めて見ました。鎧すら着けてない」「【蒼薔薇】様、今日も綺麗です！」「男連れ……？」

困ったことに、私はこの都市でかなり顔を知られてしまっています。

迷宮都市でだけ通じる【蒼薔薇】なんていう恥ずかしい綽名も出されていますし……。

私が身に着けている花の髪飾りから連想して、極一部の冒険者が呼び始めたのが少しずつ広がっているようです。困ってしまいます。

後方のハルさんをちらり。レーベちゃんはいつの間にか姿を隠しています。

……うぅぅ～。凄くニコニコされていますぅ。

頬が赤くなるのを自覚しつつ、中隊長さんへ報告します。

「街道沿いで複数の盗賊団に襲われました。全員拘束しておいたので、後はよろしくお願いします」

「はっ！　ご協力、感謝いたしますっ！　……そちらの方は？」

中隊長さんは冒険者証を返しながら、ハルさんへ視線を向けました。

う〜ん……どう、説明しましょうか？

——お友達。

ちょっと違う気がします。

——知人。

かなり遠くなりました。

——それじゃあ、恋………。

「！」

ぶんぶん、頭を振ります。

い、いけません。幾ら説明する為とはいえ、何て大それたことを！

……帝都を出発して以来、どうも、私は浮かれているようです。

けど、帝都で約束した御褒美は絶対もらわないと。少し気を引き締めましょう。

自戒している私を他所にハルさんは虚空から紙を取り出し、机の上に置かれました。

「僕は冒険者じゃありませんが、証明はこれで大丈夫ですか？」

「？　こ、これは⁉　……あ、あんた、いったい……？」

中隊長さんの顔が引き攣り、辛うじて声を発しました。

──紙に押されていたのは、【三本の剣と杖の交差】。すなわち帝国皇帝の印。

中隊長が翳した鑑定石の色は青。

つまり──『本物』。

ハルさんが嬉しそうに笑みを浮かべられます。

「ふふふ……よく、聞いてくれました！　僕の名前は──」

「その辺で。もういいですか？」

「は、はっ。どうぞ、お通りください」

中隊長さんと隊員の人達が敬礼をしてくれます。

私も返礼し証明書を手に取り、ハルさんの背中を押して大正門を潜り抜けます。

少し歩いてから振り返り、左手の人差し指を立て、距離を詰めお小言を言います。

「（ハルさん！　目立たないでくださいっ！　私が後でハナに怒られちゃいますっ！）」

「（目立つかな？）」

「（目立ちます。少なくとも印象に残ります！　黒髪は帝国でも珍しいですし……）」

「（なら、猶更【育成者】だって宣伝しておかないと！　ハナにも昔そう言われたしね）」

くっ！　やっぱり、この人、うちのクラン団長の――迷宮都市最強魔法士【灰燼】のお師匠様なんです。変な所で頑固です。

更にお小言を続けようとし――袖を引っ張られました。

姿を現したレーベちゃんが、両手を伸ばしてきます。

「タチアナ、抱っこ」

「！　は、はい……」

か、可愛い……可愛すぎます。反則の反則です。抗える筈ありません。

私は幼女を抱き上げました――柔らかく温かい。魔杖の化身、とはとても思えません。

ハルさんが幼女の頭を撫でます。

「良かったね、レーベ」

「うん。タチアナ、好き。ママも大好きって思ってる」

「レベッカさんが？」

――【雷姫】レベッカ・アルヴァーンさん。

ハルさんの教え子で私の大切なお友達で、レーベちゃんの名づけ親です。

胸がとってもぽかぽかしてきました。……えへへ。

レーベちゃんを抱きしめながら、クルクル、と回ります。

「♪」

幼女が楽しそうにはしゃぎます。今日は良き日ですねっ！

私達を見守りながら、ハルさんは周囲を見渡されました。

大通りの店には無数の魔力灯（まりょくとう）がつき、歓声や威勢のいい呼びかけ。乾杯をするグラス、喧嘩（けんか）で物が壊れる音。肉や魚、野菜の焼けるいい匂いが漂ってきています。

当初は綺麗に区分けされていたらしいですが、【大迷宮】が発見されて二百年。幾度も半壊し、都度再建されてきた結果、今のような乱雑な街並みになったと聞いています。

――迷宮都市は今も昔も冒険者の街なんです。

人族の剣士にエルフの魔法士が話しかけ、ドワーフの斧（おの）使いと獅子族の格闘家が肩を組み、早くも酔っぱらって勇ましい迷宮探索の歌を歌ったりしています。

「迷宮都市も随分と賑（にぎ）やかになったね。街並みも随分と変わった。ただ……この騒ぐところは全然変わってない。懐（なつ）かしいなぁ」

私は回転を止（や）め、育成者さんへ質問しました。

「ハルさんが、ハナ達を連れて、【大迷宮】へ挑まれていた頃はどうだったんですか？」

うちの団長はあまり、修行時代のことを話してはくれません。双子の妹さん、【天魔士（てんまし）】

ルナさんを思い出すのが嫌みたいです。

辛うじて聞いたのは『昔、お師匠と……あの子と一緒に潜ってた時もあった』という話くらいです。

それでいて、ルナさんが本拠地にしている西都の情報は隠れて収集しているのですから、傍から見ていると、何と言えばいいのやら。

ハルさんが答えてくれます。

「昔は店が少なくてね……ハナ達の為によく料理をしたよ。レーベ、手を繋ごうか」

「♪」

レーベちゃんが私の腕の中で頷いたので、地面へ降ろします。

すると、幼女はすぐハルさんの手を握り笑み。寂しくなり甘えてみます。

「……私もご一緒したかったです」

ハルさんは少しだけ驚かれ、提案してくださいます。

「明日、良ければ案内してくれるかい？」

「はい♪」

レベッカさん、ごめんなさい。

……でもでも、これくらいの役得はあってもいいですよね？

幼女が小さな手で私の手を握ってきました。

――ハルさん、レーベちゃん、私の並びになります。

自然と純粋な喜びが溢れてきました。

恥ずかしながら、私、『恋』というものを知らないので……ハルさんに対する気持ちが、そうなのかは分かりません。

けど、決して嫌な感覚じゃないのは事実です。

取りあえず――今は一刻も早く、クランホームへ行ってレーベちゃんに寝間着を着せないとっ！

私は固く決意をし、呼びかけました。

「ハルさん、行きま――」

「そこにいるのは、【蒼薔薇】のタチアナ殿か？」

突然、後方から声をかけられました。こ、この声は。

振り返った通りの先にいたのは、金髪長身の美男子でした。

今日は大迷宮に潜らなかったのか、鎧は身に着けておらず、腰には二振りの片手剣だけを提げた軽装です。とにかく容姿が整っていて、御伽噺に出てくるような『王子様』みたいなので、通りかかる女性から熱視線を受けています。

見知らぬ人に驚き、レーベちゃんが手を離しハルさんの背に回りました。ああ……。

内心で憤りを覚えつつも――私も【薔薇の庭園】副長。

表に感情は出さず、挨拶をします。

「こんばんは、カール。先日の騒動以来ですね」

この美男子の異名は【双襲】。

迷宮都市にその名を轟かす精鋭クラン【紅炎騎士団】の団長にして、自身も第一階位冒険者でもある手練れの騎士様です。

――大迷宮には二十層潜る度『階層の主』と呼ばれている強大な魔獣が出現します。

考え無しに挑んでも死体の山が築かれるだけなので、有力クランの団長が事前に話し合いをし、攻略する順番を決定していたのですが……第百二十層で、それに異議を唱える者達と、一部決闘沙汰になる事案が発生。

結果、獣人のみで構成されていた【北雪旅団】を含む幾つかのクランが解散したり、迷宮都市を去ったりしたのです。

ハルさんが小首を傾げられました。「……ふむ？　この魔力は」。カールを知っているのでしょうか？　騎士様が頭を振りました。

「気にしないでくれ。当然のことをしただけだ」

「そう言ってもらえると、助かります」

会話が途切れてしまいました。

そもそも、私はこの人とそこまで話したことはありません。

正直、キラキラし過ぎている男の人も苦手です。実家の兄を思い出してしまいますし……何となく、イヤリングに触れます。

ハルさんが突然口を挟んでこられました。

「君、もしかして、コール君という弟さんがいるかな？」

「…………コールは俺の弟だが、貴殿は？」

私に対するものと異なる、怜悧な問いかけ。カールに弟さんがいるのは初耳ですね。

それにしても流石は【双襲】。大した威圧感です。……ハルさん相手では悪手ですが。

案の定、育成者さんは眼鏡を輝かせ不敵な笑みを浮かべられました。レーベちゃんも楽しそうに目を輝かせています。

「ふっふっふっ……よくぞ、聞いてくれたねっ！　僕の名前は――」

「おいっ！　【双襲】のっ！　いきなり走り出すんじゃねぇよっ！　お前が呑みに誘ったんだろうがっ！」

野太い声と共に、大柄で髭面の男がカールの方へ駆けて来るのが見えました。

精鋭クラン【猛き獅子】団長【戦斧】のブルーノです。

意外です。この二人で呑みに行ったりするんですね。てっきり、仲が悪いものと。

「…………」

騎士様はブルーノの呼びかけに応えずじっとハルさんを睨みつけています。

……初対面なのに、どうしてここまで敵意を？　普段は礼儀正しい人なんですが。

戸惑いつつも、私は騎士様へ告げます。

「カール、私達は今、帰って来たばかりなんです。失礼しますね」

「……ああ」

「えっ？　僕はまだ名乗りを」「いいですからっ」

ハルさんの背を強く押し、その場を離脱。

入れ替わりでブルーノが私達を視認し目を見開き――次いで何故か悲痛な顔をしている騎士様を見ました。

「……お、おぉぉ……カ、カール……そ、その、だな……」

そこに込められていたのは純粋な同情。

さっぱり分かりませんが会釈だけして、人混みへ。背中に強い視線を感じます。

……不快にさせてしまったのかもしれません。

【紅炎騎士団】は良識あるクランなので敵対は悪手。後日、関係を修復しておかないと。再びお小言を言おうと思い隣を見ると、黒髪の青年からは生暖かい目線。

「な、何ですか？　何かついていますか？？」

「いや、何でもないよ。うんうん。今晩はハナと楽しくお酒が飲めそうだ」

「？？？」

どうして、ハナとなんでしょうか？

私だってお酒を飲める年齢ですし。混ざっても問題ありません。三人ならもっと楽しいと思います。

……まぁいいです。万難を排して、私も混ざりますし。

私はハルさんとレーベちゃんを先導すべく、前に出て半回転。

遠方から、大迷宮入り口の大時計塔の鐘が鳴る音が聞こえてきました。

「さ、クランの屋敷は此方です。いきなり行ってハナを驚かせましょう。――その為に、魔力を遮断されているんですよね？」

我が団長様は迷宮都市最強の魔法士様。

本来なら、都市内に入った途端、探知されてしまいますが――ハルさんが意地悪な笑みを浮かべられました。

「流石は【不倒】──いや、【蒼薔薇】のタチアナだね。御褒美が必要かな？」

う〜……この育成者さん、意地悪です。

私は頬を少しだけ膨らませました。

「ハ、ハルさんっ！　そ、その呼び方は禁止ですっ‼　……あと、御褒美は別にもらいますから、結構です」

＊

【薔薇の庭園】の屋敷は都市中央の【大迷宮】から近過ぎず遠過ぎず、という条件でハナが厳選に厳選を重ねた結果、選んだ東部地区にあります。

他の精鋭クランが中央部に屋敷や建物を保有しているのとは規模が異なり、一区画丸ごと購入した為とにかく広大。

敷地内に複数の訓練場や、巨大な庭があるクランはうちだけでしょう。

人通りの少ない通りを金属製の高い柵に沿いながら裏門へと歩きつつ、魔力の灯りを浮かべてハルさんと悪巧みします。

「では――初手は私から、ということで」

「うん。予想しよう。ハナは君がいないことにかまけて、全力で羽を伸ばしている！」

「もし……外れていたら？」

内心、当たっているだろうな、と思いつつも私はハルさんへ尋ね返しました。

ハナは出来る子ですが、仕事を溜め込みがちなんです。

レーベちゃんは柵の奥に見える屋敷を興味深そうに見つめています。殆ど灯りは点いておらず、見えるのは二階奥だけ。

現在、クランは長期休暇中なので、みんな、各々の故郷へ帰ったり、旅行に行ったりしていて、残っているのは僅かな新人達だけなのです。

「そうだなぁ……新しい【楯】でも真面目に考案しようか」

「新しい【楯】ですか？」

【楯】に関しては、既にハルさんからは『防御の為だけではなく攻撃にも使用する』という発想の転換をいただいています。育成者さんが頷かれました。

「うん。簡単に見せると、こんな感じかな」

「！」

右手を振られると、小さな八角形が幾つか出現、漆黒の光を放っていきます。

私が普段展開しているそれよりも、遥かに小さいものです。

レーベちゃんが大きな瞳をキラキラ輝かせ、突っついています。

「機動性を高めた【楯】が良いと思う。普段のものよりも負担が少ないだろうし、攻防の使い勝手も向上する。最初は八角形。慣れたら——こうだね」

「！」

八角形が変化し、黒の花片へと変化しました。とっても綺麗……。

ハルさんが軽く右手を握られます。

「この形状なら、攻撃力も上がるんじゃないかな。最終的には、集束させて純粋な【楯】とすればいい」

花片が次々と集結し——【黒薔薇】を形作りました。

「わぁ～」「♪」

私とレーベちゃんは賛嘆の声を零します。

スキルではなく魔力による模倣とはいえ、こんなに自由自在に出来るなんて！

しかも、この【楯】……一見脆そうに見えて、それぞれの花片同士が結合している分、防御力も遥かに向上しています。

「これが出来るようなったら異名通りになると思う——勿論、【蒼薔薇】の方のね。難しくしないと、タチアナはあっという間に習得してしまって面白くないからさ」

確かに私は昔から何でも出来がちです。逆に言えば、器用貧乏。

でも……両腰に手を置き、低い声を出します。

「……ハ～ル～さ～ん……【蒼薔薇】なんて、私は名乗りたくありませんっ！」

「おっと。レーベ、助けておくれ」

黒髪の青年は苦笑され、幼女に助けを求めました。

するとレーベちゃんは「？　！」不思議そうな顔をした後、私の背中へ隠れました。

「！　レーベ……」

「ハルさん、私の勝ちですっ！」

「くぅ！」

育成者さんはわざとらしく呻かれました。思わず笑ってしまいます。

迷宮都市では【不倒】としての振る舞いを求められるせいか、肩が凝りがちな私ですが、ハルさん達と一緒にいる今は、気がとても楽です。

ハナやレベッカさんの気持ちが少しだけ分かります。

そうこうしている内に蔦に覆われている裏門が見えてきました。

ハルさん達と視線を合わせます。

「では」「――行こうか」「♪」

　裏門を通り抜け、クランの屋敷内へ。当然ですが真っ暗です。

　元々は某帝国貴族の持ち物だったらしいのですが、ロートリンゲンの【女傑】こと、先々代皇后カサンドラ・ロートリンゲンが行った改革により没落。

　以後、放置されていた屋敷をハナが買い取り、改修に改修を重ねて今に到ります。

　手元の魔力灯の下、ハルさんの耳元で囁きます。

「……団長室は二階奥です。そこら中に感知魔法が仕込まれています。どうやって、辿り着きますか？　あと、新人が三名残っている筈です」

「そうだねぇ……レーベ」

「♪」

　白服の幼女が身体から淡い神秘的な光を放った次の瞬間――ハルさんの手には、七属性宝珠を煌めかせる魔杖が握られていました。石突でほんの軽く床を突かれます。

　微かな光が地面を駆けて行き、消失。

「ハナの感知魔法を僕達にだけ効かないようにしたよ。これでも、僕はあの子の育ての親だから、使う魔法は全部知っているんだ。屋敷内にはあの子しかいないみたいだね」

「……御見事です」

私は畏怖を覚えつつ称賛します。胸がドキドキと高鳴ってきました。……凄い。

ハルさんがレーべちゃんを虚空へと戻し手を伸ばしてきました。思わず、きょとん。

「え？」

「暗くて転ぶかもしれないからね。『女の子にはこうした方がいい』って歴代の教え子達に散々教わったんだ。……間違っているかい？」

「間違っていません！　――はい、そうですね。危ないですもんね」

手を伸ばし繋ぎます。

――じわぁ、と胸の奥から私の知らない感情がこみ上げてきました。

落ち着かなくなりますが、不快ではありません。

……祖父、父親、兄以外の男性と手を繋ぐのって、人生初かもしれません。

私はハルさんの教え子じゃありませんが、歴代の女性の教え子の皆さん、ありがとうございます。この二日間、幸福過ぎです。

もしかして――不幸の星は遂に私から離れたんでしょうか？

埒もないことを考えながら、ハルさんに手を引かれ階段を登っていきます。

窓の外には月光の下、幻想的に浮かびあがる大時計塔。

――そして、此処にいるのはハルさんと私だけ。

こういうのって……ハナの好きな恋愛小説で読んだような。

「新人さん達はどうなんだい？　ハナはクランのことを手紙で書いてこなくてね」

「え――あ、は、はい！」

慌てて意識を戻します。変なことを考えている場合じゃありません。

手で頬を扇ぎながら、説明します。

「うちのクランは、ハナの方針もあってあまり新人を入れないんです。今、入って一年未満の子は二人しかいません。二年まで広げても三人ですね」

「三人か……一人は、ドワーフの子だったよね？」

「はい。随分と逞しくなりました。長期休暇中も浅い階層ならば、他の新人二人を引き連れて、第百層まで潜っていい許可を出しています」

「へぇ……それは大したものだね」

【大迷宮】の最前線は、現在百二十四層。

西都の次元迷宮と異なり巧妙な罠こそありませんが……魔獣の強さは此方が上。

百層を突破したのも、うちのクランが本格攻略を開始して以降の話なので、新人達は、並の冒険者達よりも上の実力だと言えるでしょう。

ただ……私は教えを乞います。

「ハルさんは、今までにたくさんの人を育てられた、と思います。その子が伸び盛りで、同時に——だからこそ危うい場合、どうされましたか？　新人の子達には『最前線へ！』とことあるごとに言われてしまって……」

「う〜ん、そうだねぇ」

階段を登り終え、二階へ。廊下奥の部屋から僅かに灯りが漏れています。

「僕の場合は挑ませてきたよ。勿論、付き添ってだけど」

「……怖く、なかったんですか？」

「怖いよ」

私は思わず横顔を見つめました。

そこにあったのは——強い信念。

「でも、僕は【育成者】だ。彼、彼女達の背中を押し、世界へ送り出すのが僕の仕事。その為なら、ある程度の危険は背負うさ。まぁ……時には、困った子もいたけれど」

「その中に、ハナやレベッカさんも含まれていますか？」

「レベッカは稀に見るいい子だね。歴代の中で大変だったのは……そうだなぁ。半島を断って二つの島に変えたり、その島を星で沈めたり、【十傑】の一角【飛虎将】と七日七晩、戦い続けて地形を変えた――着いたようだね」

いいところで、団長室前に到着しました。……お話の続きがとてもとても気になります。

私は小声でおねだりしておきます。

「(ハルさん。お話の続きはハナを驚かして、お酒を飲みながらでお願いします！)」

「(……タチアナはお酒、大丈夫なのかな？　ハナが手紙で『うちの副長にお酒を飲ませた私が馬鹿だった』って書いてきてたけど)」

「(え、冤罪ですっ！)」

クランのことは御手紙で書かないで、私のことを書くなんてっ！

……ふふ。ふふふ。ちょっとだけ、怒っちゃいました。

ハナ、お仕事していなかったら――容赦しませんからねぇぇ……。

私はハルさんへ目配せし、大きく重厚な木製扉をノックしました。

「――……はぁ～い。開いてるわよぉ～」

明らかにだらけきった少女の声。この段階で中の様子が想像つきます。

扉を押し、部屋の中へ。

――まず、目に飛び込んできたのは、執務机に積み重なっている書類の山。

私が辺境都市へ出かけた日と比べて、明らかに高さが増し、焼き菓子が載った大皿まで持ち込んでいます。

立派な椅子に腰かけ、此方に背を向けている少女が声を発しました。

「だぁれぇ？　ソニヤ？？　最前線へ行くのは駄目だって、何度も言って――……」

「ただいま帰りました、ハナ」

「！？！！」

ガタン、と椅子が音を立てます。

背もたれから寝癖のついたままの赤茶髪を二束のおさげにした、小柄なドワーフの少女が顔を出しました。……白の寝間着ですってぇぇ。

慌てふためき椅子を楯にしながら叫んできます。

「タ、タチアナ！？！！　な、何でっ⁉　何でっ！？！！」

「副長が帰って来ちゃいけないと？　……ハナ、どういうことですか？　これは？」

「ひっ」

迷宮都市最強クラン【薔薇の庭園】団長にして、大陸第七位の魔法士【灰燼】のハナは怯えた声を出し、椅子の陰に隠れました。早口。

「こ、この後やるつもりだったのっ！　ほんとのほんと。ドワーフ、嘘つかない」

「………………」

私は無言で執務机に近づき、積まれている古書を手に取ります。

……また、見たことがない物ばかりです。詰問。

「お、買ってないっ」

「じゃあ、この本はどうしたんですか？」

椅子の上に立ち上がり、小柄な団長様は私と視線を合わせました。

「怒らない？」「怒りません」

「……本当？」「本当です」

「――えへ♪　一週間前にナティアが届けてくれたの。面白い本ばっかりでね～☆」

はい、有罪確定。『ナティア』というのは、ハナと大の仲良しな姉弟子さんです。

古書を執務机へ置き、ギロリ。

「ハ～ナ～ァ？」

「⁉　タ、タチアナの嘘つきっ！　怒らないって言ったのにっ！」

「怒っていません。お説教しているだけです。寝間着のまま、お菓子まで持ち込んで……気を抜き過ぎですっ！」

「詭弁！　詭弁っ！　――あ、誰か帰って来たかも」

「え？」

ハナが突然、窓の外を見ました。私も近づきます。

――わざとですが。

案の定、団長は風と雷魔法を併用し急加速。入り口へ向かい、

「ふっふっふっ！　甘いわねっ！　タチアナ、じゃあねぇ～――わぷっ」

ハルさんの胸に飛び込む形となりました。手の魔杖は消えています。

字義通り硬直し、ハナがゆっくりと顔を上げました。

「おっと。元気だね」

「お、お師匠……？」

「やぁ、ハナ。おや？　寝てたのかな？」

「～～～～～っ！！！！　……タ、タチアナぁ」

【灰燼】様は振り返り、情けない声を出し私へ救援を要請してきました。……はぁ。

私は肩を竦め、育成者さんと視線を合わせます。

「ハルさん。ハナをお風呂に入れて着替えさせてきても構わないでしょうか？」

「大丈夫だよ。仕事も片付けておくかい？」

「お師匠……」

ハナが瞳をうるうる。……むぅ。

私は団長様を後ろから抱えこみ、ハルさんから荒々しく引き離しました。

「⁉ タ、タチアナ！ や、止めてぇぇぇ。お師匠の前なのぉぉぉ！！！！」

「今更です。ハルさん、教え子の仕事を奪うのはどうかと思います」

「ふむ？ 確かにそうだね。それじゃ、紅茶を淹れて待っているよ」

「お、お師匠⁉」「はい、では」

廊下へ出て大股で一階へ。ハナが魔法で掘った温泉があるんです。

部屋から離れた後で、ハナが顔を両手で覆いポツリ。

「……うぅぅ。お師匠に恥ずかしい姿、見られちゃった。もうお嫁に行けない……」

「……だから、日頃からしっかりしていないと駄目だって、あれ程……」

「言わないでぇぇぇぇぇ！！！！」

半泣きになりながら、赤茶髪に寝癖のついたままのハナがジタバタ。とても、迷宮都市最強魔法士には見えません。

その時、気付きました。

水魔法で洗ってはいましたが、私もお風呂に入らずハルさんの傍にいたんですよね。

「…………」

猛烈な羞恥心が襲い掛かってきて、階段の中程で立ち止まります。

も、もし、ハルさんに、しっかりしていない女の子だと思われていたら……。

「？　タチアナ？　どうかしたの？」

「……何でもありません。ハナ、徹底的に洗いますよっ！」

「う、うん」

私は気合を入れ、階段を降りるのを再開しました。

——男の人の目をここまで気にするのも、初めてかもしれませんね。

＊

「まったくもうっ！　お師匠は何時も突然過ぎるのっ！　驚き過ぎて心臓がおかしくなりそうだったんだからっ！」

「ははは。ハナはからかい甲斐があるからつい、ね」

「……知らないっ！」

白と茶基調の私服に着替えたハナが、ソファーに座りながら腕組みをしそっぽを向きました。だけど、嬉しさを隠しきれていません。

ハナはとにかくハルさんを慕っているんです。

でも、この状況には異議があります。

「……ハナ」

「な、何よ、タチアナ。そ、その笑顔は……」

「ハルさんに会えて嬉しいのは理解します。だけど、髪を梳いてもらうのはやり過ぎじゃないんでしょうか？」

入り口で意識的に笑顔を浮かべつつ、声をかけます。

これは――決して『羨ましい』とか『私も後でやってもらいたい』とか、そういうものではありません。そうです！

茶色のリボンを結んでもらいながら、ハナが反論してきます。

「そ、そんな事ない。これは弟子に対してするお師匠の慰労なのっ！」

「へぇ……なら私も今度やってもらっても？　私も帝都で頑張りましたし♪」

「なっ⁉」

ハナが目を見開き、絶句。口をパクパクさせます。

黒髪の青年がリボンを結び終え、頷きました。

「これで良し。――構わないけど、君の綺麗な髪を傷つけそうで怖いなぁ」

「！　あ、ありがとうございます……」

自然な誉め言葉に照れてしまいます。

ソファーの上に立ち上がったハナが叫びました。

「お師匠、甘やかさないでっ！　タチアナも……駄目なんだからねっ！」

「それを決めるのはハルさんです」

「グググ……」

団長様は苦虫を噛み潰したような表情になり――ハルさんが淹れてくれた紅茶のカップを取り、一口。「……お師匠の味だ」と呟き、顔を綻ばせました。

ハルさんも、優しい笑顔。まるで愛娘を見る父親です。

以前、酔った席でハナが零した言葉を思い出します。

『お師匠に拾われなかったら、私達はとっくの昔に野垂れ死んでたわ。だから、私達姉妹の命はお師匠の物なのよ』

――教え子の方達は、皆さんハルさんを凄く慕っています。

この数年で何人かと出会う機会を得ましたが、信仰に近いものがあるように思えます。

けれど、ハナとルナさんはより依存性が強くて、親同然に想っているような……。

私が考えている内に、ハルさんが空いている椅子へ座られました。

「ハナ、仕事が忙しいみたいだね。相談があったんだけど……難しそうなら」

私達は同時に遮ります。

「大丈夫っ！」「問題ありません」

「そうかい？　だけど、書類は処理しないといけないだろう？」

「う……こ、これは……」

「ハナ、明日で片付けられるのよね？　その後で時間を取れる、そうよね？」

「え？　い、いや、この量を一日では嫌――」

「ハナ？」

私は視線で威圧します。『出来ますよね？』

団長は項垂れ、観念しました。

「…………お師匠、明日中に書類を片付けるから、細かい話は明後日でいい？」

「そうかい？　……じゃあ、大まかな話だけをしよう。これを見てくれるかな」

私は小さく拳を握り締めます。まだ数日、ハルさんと過ごせそうです。

帝都の御褒美――一緒に、迷宮探索もしてもらえるかもしれません！

浮き浮きしていると、ハルさんが胸元からネックレスを取り出されました。

――付けられているのは、光を一切通さない漆黒の宝石。

ハナが目を細めました。

「……お師匠、それって」

「《魔神の欠片（かけら）》だね。これを集めている良からぬ輩（やから）がいて、帝都で交戦した。――【全（ぜん）知（ち）】の息子を名乗っていたよ」

「⁉　……お師匠」

深刻そうなハナに対し、ハルさんが頭を振ります。

「彼はそんな男じゃない。ただ、魔力は似ていた。二年前から念の為（ため）、エルミアに動いてもらっていたのだけれど……勘が当たったよ。ま、乗りかかった船だ。彼等よりも早く欠片を集めてしまおうと思う。でも、僕は封印術に詳しくない。この手の事は、みんなの中でハナが一番詳しいだろう？」

団長の表情が劇的に変わりました。身体（からだ）を揺らしながら、零します。

「！　私が一番……そ、そっかぁ、お師匠は私を頼りにしてくれてるんだぁ……えへへ。でも、集めてどうする――……はっ！　も、もしかして、遂（つい）に世界を我が手にっ！　っていう気持ちになったのっ⁉　任せてっ！　先鋒（せんぽう）は私とサクラで務めるからっ！！！」

サクラ――ハナの親友の恐るべき剣士様です。

【盟約の桜花】は元々サクラさんとハナが結成したクランと聞いています。

ハルさんが肩を竦められました。

「……世界を相手にするのなんてもう御免だよ。僕は【全知】や【剣聖】じゃない。誰も手を出せない場所に封印すればそれで済む。【魔神】には恨まれるかもしれないけどね」

「え～～～！　ようやく、やる気を出したと思ったのにぃ……あ、そうだ」

ハナが表情を険しくしました。

カップを置き、恐る恐るといった様子で質問を投げかけます。

「エルミアが動いているのは知っているけど……他の最古参組には報せなくていいの？」

「……事が大きくなり過ぎる。先日もラヴィーナが訪ねて来てね。探られたよ。知っての通りあの子は、帝国に決して良い感情を持っていない」

……ラヴィーナ？

先代【宝玉】カガリ・シキさんの手帳にも同じ名前が書かれていました。

その人が――先日、ハルさんが帝都行きを遅らせてまで会っていた人物。

ハナが言い淀み、新しい情報を口にしました。

「……帝国の皇帝直轄部隊がね、数日前から大迷宮に潜ってるみたいなの。噂話なんだけど、【魔神】の遺物を捜索しているかも、って。これがラヴィーナにバレたりしたら」

「まずいね。非常にまずい」

ハルさんが困った顔をされます。『ラヴィーナ』さんに知られるのはまずい、と。

私は少しだけ考え——手を合わせました。

「ハルさん、帝国軍の件は私の方で調べてみます。【薔薇の庭園】は迷宮都市では名の知れているクランです。大船に乗ったつもりで——」

く～、という私のお腹の音が部屋の中に響きました。

「「…………」」

沈黙が満ち——急激に頬が紅潮していくのが分かります。

ハルさんとハナが顔を見合わせ、吹き出しました。

「「——ぷっ」」

「お、お腹が減ったんですっ！　も、もうっ二人共っ！」

「ふふ。そうだね、ハナ」「はーい」

ハナがソファーから降り、掛けてある革の外套を羽織りました。

黒髪の青年が微笑みます。

「タチアナが待ちきれないみたいだし、美味しい物を食べに行こうか。とびっきりのお店に連れて行ってくれると嬉しいな」

＊

迷宮都市は間違いなく、大迷宮中心に回っている都市です。

冒険者ギルドや武具、道具、食料を売る店も中央に集中しています。

――ただし、普段使いの料理屋は別。

眼鏡を直し、ハルさんが数えきれない独特な紙灯に照らされている西大通りを眺めて感想を漏らしました。

「やっぱり知らない店が随分と増えたなぁ……」

「入れ替えは早いけど、人自体は毎年増えているしね。お師匠、あそこだよ！」

上機嫌なハナが目的のお店を指差します。

大通りに面した店内からは喧騒(けんそう)と様々な物を鉄板で焼いている匂い。また、お腹が鳴ってしまいそうです。

大きな看板に描かれているのは子猫。店名は『猫々亭』。

とにかく安くて美味しく、料理の種類も豊富な人気店です。

夕食には少し出遅れていますが、三人なら座れるでしょう。

ハナがハルさんの手を引き、私も言葉で促します。

「さ、行こう♪」「行きましょう」

「了解」

お店の前まで行くと、頭に布を巻いて額を出している顔見知りのエルフ族の女性店員さんが声をかけてきました。

「いらっしゃい――……えっ？」

「三名なんだけど、空いてる？」「こんばんは。狭くてもいいんですけど」

「は、はいっ！　あ、空いてますっ！　こ、此方(こちら)へ………う、嘘(うそ)でしょ……こんなことって……迷宮都市の有名どころ、揃(そろ)い踏みじゃない……」

何故(なぜ)か極度に緊張しています。

普段は、とても元気が良くて愛想(あいそ)がいい人なんですが……何かあったんでしょうか？

疑問に思いつつ、開け放たれた入り口から店内へ。

中では多くの冒険者達がお酒を酌(く)み交わし、焼きたての肉料理や魚料理に舌鼓(したつづみ)を打っていました。早く、食べたいです！

ぎこちない女性店員さんに案内されていて、店の奥へ。じろじろと視線を向けられます。

「お、おい……」「【灰燼(かいじん)】と【不倒】」「迷宮都市最強の前衛後衛、か」「一緒にいる男は誰？」「……見たことはないわね」「まさか、新しい団員？」「いや、【薔薇の庭園】は男を入れない筈(はず)だ」「弱そうな男ね」何時(いつ)ものことなので気にしません。

……ハルさんの悪口はいい気持ちじゃありませんが。

ハナも耳を器用に動かし「……お師匠をけなす輩は容赦しない。絞める……」と物騒なことを呟いています。後で宥(なだ)めておかないと。

当のハルさんは、興味深げに壁に提げられている黒板に書かれた料理一覧を見られています。栗鼠族(りすぞく)の少年店員が女性店員さんへ駆け寄って来ました。

「奥も二階も一杯っす。相席じゃないと無理っす」

「あちゃ～……出来れば、奥にしたかったんだけど……。あのぉ」

後の言葉を聞く前に、聴き知った声が耳朶(じだ)を打ちました。

「あ、あれ？　お師様？？」「……団長、副長？」「どうしたんですかー？」

視線を向けると、丸テーブルに陣取って食事中の三人の少女が私達を眺めていました。

一人は小柄なドワーフの魔法士。

耳が隠れるくらいの黒茶髪で、瞳も同じく黒茶色です。空いている椅子には木製の杖（つえ）と弓、そして穂先を鞘（さや）に納めた使い込んだ槍（やり）が立てかけられています。

魔法士の向かい側に座っているのは、銀の軽鎧（けいがい）を身に着けたダークエルフの射手。

整った容姿と細身の身体。耳が隠れる程度の灰銀髪で薄褐色の肌が目を引きます。

最後の一人は、猫族の槍士。

小麦色の獣耳と尻尾をぴこぴこ動かし、好奇心旺盛な視線は主にハルさんへ。

——三人共、うちの新人達です。

女性店員さんが申し訳なさそうに、頭を下げてきました。

「ごめんなさい。相席でもよろしいですか？　同じクランの方ですよね？」

「ん～……」「えっと……」「大丈夫ですよ」

「「！」」

躊躇（ためら）う私達を後目（しりめ）に、ハルさんがにこやかに応じられました。

安堵（あんど）の表情になった女性店員さんは、普段通りの茶目っ気を見せてきます。

「助かります。その分、後でお料理オマケします♪」

「ありがとうございます。どれも美味しそうなので楽しみです」

「期待してください☆　飲み物だけ先に聞いておきますね」

「ハナ、タチアナ？」

「……赤ワインで」「……私は白で」

「だ、そうです。料理もお任せで。ワインは瓶でください」

「は～い♪」

　ほんわかな雰囲気のまま女性店員さんが離れ、栗鼠族の少年店員さんが足りない椅子を運んできました。

　私はハナと視線を交錯。

『……仕方ないんじゃない？』

『……お師匠だもんね』

「……はぁ」

　溜め息をつき、新人達へ近づきます。

　テーブル上にはたくさんの料理と果実酒の瓶。迷宮探索の帰還祝いのようです。

　椅子に腰かけると、ドワーフの少女――ハナの愛弟子である、マーサがハルさんを凝視。

「……黒髪に眼鏡の青年……ま、まさか……」。

　ハナにハルさんの話を聞いたことがあるようですね。

　ダークエルフの少女――ソニヤが尋ねてきます。

「……団長、この人はいったい？」「もしかして、副長の恋人さんっ⁉」

獣耳を動かしながら猫族の少女――ヴィヴィも参戦。ハルさんが私の恋人さんですか。

つまり、少なくとも傍目には……ふふ、悪い気はしませんね。

ハナが不機嫌そうに答えました。

「……私のお師匠よ。名前はハル。前に話したことがあったでしょう？　辺境都市ユキハナで【育成者】を自称しているっていう」

「「！」」「や、やっぱり……」

三人娘が目を見開き、驚愕。私は予備のグラスに果実酒を注ぎます。

「酷いなぁ、ハナ。僕はこれでも真面目に頑張っているんだよ？」

「……サクラとあの生意気な小娘の後、【雷姫】まで教え子いなかったのにぃ？」

「「⁉」」

何気なくハナから発せられた情報に、マーサ達が硬直しました。

レベッカさん、有名人ですね。一口、飲みます。

――この果実酒、美味しい。南方大陸産でしょうか？　ラベルの二足歩行で東方系道着猫が可愛いです。

形勢不利と判断されたハルさんは私へ話を振ってこられました。

「タチアナ、彼女達を紹介してくれるかな？」

「は～い♪」

話しかけられたのが嬉しく、グラスを置き、頷きます。

「うちの新人達で全員第四階位です。左の魔法士がマーサ。ハナの弟子です」

ドワーフの少女は勢いよく立ち上がりました。

「マ、マーサですっ！　お、お師様に魔法を教えてもらっています。お師様はドワーフ族の中でも凄く有名で、子供の頃から憧れていて……その、あの……これからも、が、頑張りますので、よろしくお願いしますっ！」

店内の喧騒に負けない大きな声。普段からこれ位、積極的ならいいんですが……。

ハルさんはにこやかに挨拶されます。

「よろしく、マーサ」

「その隣の子が、ソニヤ。射手です」

ダークエルフの少女は座ったまま、育成者さんをじっと見ました。

好意的とはとても言えません。元々、この子は男性嫌いなんです。

「……ソニヤです。半年前から【薔薇の庭園】で御世話になっています。私は必ず伝説の【千射】を超えます。憶えておいてください。……貴方、本当に団長のお師匠様なんですか？　全然強そうに見えませんけど」

「「…………」」「ソ、ソニヤ！」

ハナと私は沈黙。察したマーサがあわあわします。

自信を持つことは悪くないんですが、度が過ぎていますね。

少しお小言を——私が口を開く前に、ハルさんがにこやかに応じられました。

「凄い目標だね。実はもう、僕よりハナの方が魔力も多いし、魔法の威力も上なんだ」

「お、お師匠……ほ、褒めても、何も出ないよぉ～」

あっさりと不機嫌さを霧散させたハナが身体(からだ)を嬉しそうに揺らします。単純ですね。

……私も褒められたいなぁ。

さっきの女性店員さんが木製トレイを片手にやって来ました。

テーブル上にワインの瓶、料理の鉄皿をずらっと並べてくれます。

そして、瓶のコルクを抜き、グラスに赤と白ワインを注ぎながら笑み。

「お待たせしましたっ！　当店自慢の迷宮牛の香草焼きと揚げ野菜とかその他色々です♪

追加があればご遠慮なく声をかけてくださいね☆」

女性店員さんは上機嫌で離れていきました。ハナが私へ目配せしてきます。

咳(せき)ばらいをし、中断していた話を再開させます。

「こほん――最後にヴィヴィ。槍の腕はクランでも古参に負けません」

猫族の少女が元気よく手を挙げました。

「はーい。ヴィヴィでーす。あたしも半年前からでーす。えーっと……あたしは当面【烈槍】を、すぐに追い抜く予定です。あと、ソニヤの意見に同感かなー？　凄い人に見えないし。むしろお弟子さんに見えるかも。しかもダメダメの～」

「「…………」」「ヴィヴィまで⁉」

再びハナと私は押し黙り、マーサが蒼褪めました。

――【烈槍】のファン。

【盟約の桜花】に所属する歴戦の槍士様です。

「君も意欲的だね。そうだねぇ……中々、師匠と見られないんだ。困った困った」

ハルさんは変化無し。御本人がこうならば、私達がどうこうは言えません。

……言えませんが。

「「……乾杯」」

ハナと私はグラスを飲み干し、空いたグラスへ赤と白ワインを注ぎ合います。

――マーサはいいんです。ソニヤとヴィヴィの失言を理解しているようですし。

が……残りの二人はまったく分かっていません。

私は二人に会ったこともあるし、その実力の一端を垣間見ました。

【千射】と【烈槍】を超える？

……御二人共、特階位を遥かに超えています。

ソニヤ、エルミアさんは射手として単独で真龍数体を討伐している程の方なのよ？

ヴィヴィ、ファンさんは【天騎士】とも渡り合える数少ない前衛。

槍で簡単に地形を変えるのよ？　ハナですら、真正面からは挑めないのに……。

第一――ハルさんへそんな不遜な言い方をして！

ハナから後で地獄に思える訓練が「……直接、折檻が必要かしら？」。団長は、小さく小さく呟き、揚げ野菜へフォークを突き立てました。

当然、私も加わって――ハルさんがグラスを差し出されたので、咄嗟に合わせます。

――カラン。良い音。

黒髪の育成者さんが私達を諭されます。

「ハナもタチアナも考え過ぎだよ。若い子達には高い目標を持たせたほうがいいさ。高過ぎても大変だけど。折角、相席したんだから、楽しく食べて飲もう」

「「……は〜い」」「高過ぎる？」「聞き捨てならないかもー」

「あ、あのっ！　ハ、ハル様は、どうして、迷宮都市へ？」

ドワーフの少女が話を無理矢理変えました。危機管理能力に長けていますね。

肉を切り分けられながらハルさんがあっさりと答えられます。

「ハナの顔を見にね」

「あ、そ、そうなんですね。なら、お師匠様を教えられていた頃の話を」

「……潜られないんですか？」「団長のお師匠様なら強いんでしょ？」

「うん？」

ソニヤとヴィヴィがハルさんへ突っかかり、マーサは頭を抱えます。

突然、ハナがグラスをテーブルへ叩きつけるように置きました。

「「！」」

周囲のざわめきも静かになります。

二階の欄干から見知った冒険者達が顔を出し、ハナの姿を確認。

すぐさま顔を引っ込めていきます。今、【猛き獅子】の団長もいましたね。

『死にたくないのなら、怒っている【灰燼】の視界に入るな』

他クラン団員が真っ先に叩きこまれる迷宮都市の常識は、徹底されているようです。

魔力でおさげ髪を浮かびあがらせたハナが、静かな怒気を発しました。

「――……ソニヤ、ヴィヴィ。あんまり舐めた口をお師匠に叩くなら、むぐっ」

「こーら」

ハルさんがハナの口を手で抑えました。

『!?!!』

マーサ、ソニヤ、ヴィヴィ、そして周囲で様子を覗っていた冒険者達が驚愕します。

――迷宮都市に数多の冒険者いれど、頂点は【灰燼】唯一人。

【双襲】【戦斧】【光刃】といった手練れの猛者達であっても、ハナには敵いません。

大陸第七位の魔法士は次元が異なるんです。私も含めて。

けれど――そんなハナに対しハルさんは反応をさせませんでした。

黒髪眼鏡の育成者様は団長の口から手を外し、窘められます。

「いいじゃないか。それだけ、君達が新人さん達から慕われているってことなんだから。

第一、僕よりもハナの方がもう強いだろう？」

「……そんなことないもん。お師匠の嘘つき！」

「嘘じゃないのに。そうだよね？　タチアナ」

「いいえ。ハルさんは嘘つきだと思います」

間髪を容れず返答。辺境都市で私の【楯】を簡単に斬ってみせた姿を思い出します。

ハルさんが困った顔になりました。

「……仲良しな団長さんと副長さんだなぁ。さて、ソニヤとヴィヴィ、だったかな？　君達は――少しだけ危ないね。自信を持つのは素晴らしい。けれど、階段を駆け上がろうとすれば、転げ落ちる可能性もまた高まる。そのことは忘れない方がいい。どんなに才があっても、驕った者、先を急ぐ者は容赦なく死ぬ。それが【大迷宮】の鉄則だ」

私は、数年前、ハナから教わった鉄則を思い出します。

『全部、お師匠の受け売りだけどね』

ソニヤとヴィヴィの頬が怒りに紅潮していきます。

「っ！　……折角の帰還祝いなのに不愉快です。失礼します」

「……別に、驕ってないし。あたしも帰るー」

捨て台詞を残し、新人団員二人はテーブル上に銀貨を置き、席を立ちました。

残されたマーサが動揺。名前を呼び、私達へ頭を下げてきます。

「ソ、ソニヤ！　ヴ、ヴィヴィっ！　――すいませんっ。私達、三人で百層の壁がどうしても越えられなくて………今日も反省会をしていたんです。お師様、副長、ハル様、今晩はお先に失礼します」

気の良いドワーフの少女はそう言って、二人を追いかけて行きました。

ハナと私は顔を見合わせ、

「「…………」」

無言で自分の額を押さえました。

あの三人はクラン内でも将来を有望視されています。

けれど――マーサは優し過ぎ。ソニヤは頑固過ぎ。ヴィヴィは自信があり過ぎ。

それぞれの理由でやや停滞しているんです。

ハルさんが予備のグラスに果実酒を注ぎ、私達の前へ置いてくれました。

――とても穏やかで、優しい御顔です。

「お師匠？」「ハルさん？」

「いやなに――タチアナはともかく、あのハナがちゃんと団長として悩んでいる姿を見るのは、感慨深くてね」

「む～！　どーいういみぃ？」

「そういう意味ですよ、ハナ？　私は、休暇中でもきちんとクランの仕事やっつけました。貴女はどうですか？」

「ググ……」

ハナが歯軋りをし、赤ワインを飲み干し、拗ねた表情で口を大きく開けました。

その中にハルさんが焼いた魚の身を放り込みます。……あ、いいな。

私も飲み干し――おずおず、と口を開けてみます。

「おや？　タチアナもなのかい？　仕方ないね」

「タチアナにはしなくていいからっ！」

ハナがフォークで野菜を突き刺し、私の口へ。……む～。

団長を睨みつけます。

「ハナぁ？」

「お師匠。騙されちゃダメ！　タチアナはまだ、猫を被ってるだけなのっ！」

「ふむ？　そうなのかい？？」

「ね、猫なんか被っていません」

反論しながら自分で白ワインを注ぎ直します。ラベルには、都市を貫く大運河が描かれています。帝国南方の同盟産。

ハナがグラスを掲げ、赤ワインを眺めながら意地悪な笑み。

「そんなに飲んで大丈夫なわけぇ？　お師匠の前で醜態を晒しちゃうわよぉ？」

「さ、晒しませんっ！　ハナこそ」

「私、お酒で酔ったこともないもの★」

「ぐぅ」

今度は私が呻かされます。ハナが酔っぱらった姿を見たことはありません。

出会って五年。

ハルさんがくすくす。

「ハナは酔っぱらうと、エルミアや姉弟子に抱き付くんだよ。離れると『……いかないで、お姉ちゃん……』ってよく泣いてたっけ」

「！　おおおお、お師匠っ！？！！！」

団長が激しく動揺しました。勝機！

「ハルさん、その話、詳しくお願いしますっ！」

「勿論だとも」

「勿論、じゃないっ！　わ、私、そんなこと言ってないもんっ！　事実無根っ！　い、幾らお師匠だからって、言っていいことと悪いことがこの世の中にはあるんだからっ！」

「えーそうかい？」

「そうなのっ！　もうっ!!　意地悪なお師匠なんか——」

「嫌われちゃうかな？」

「……嫌いには、その、ならないけれど……バカぁぁ」

「ははは、ごめんごめん」

ハナがハルさんの腕をぽかぽか。仲良くじゃれあいます。

さっきまでのやや重い気持ちは霧散。……けど、ちょっと羨ましいです。

モヤモヤした気持ちを抱いた私は白ワインを飲み干しました。

ハナ

「ハルさん～ハルさん～わたし、がんばってるんですよぉ？　なのに、みんな、あんまりほめてくれないんです……ぐすん。きようびんぼうだけど、まいにちがんばってるのに……。だから、いっぱい、いっぱい、ほめてください……」

「えーっと……ハナ？　どうしようか？」

酔っ払って甘え全開なタチアナに、お師匠が珍しく困惑している。

私は最後の赤ワインを飲み干し、頬杖(ほおづえ)をついた。

既に料理も食べ終え、果実酒と白ワインの瓶も空。店の閉店時刻も近づきつつある。

「ハルさぁん……」

普段、凛(りん)としている迷宮都市屈指の前衛で、戦いぶりから【不倒】とか、整った容姿と印象的な髪飾りから【蒼薔薇(あおばら)】と謳(うた)われるうちの副長様は、ふにゃふにゃな様子で、お師匠の袖を引っ張り、うとうとし始めた。

この子がここまで酔っぱらったのは、

「私と初めて会った時以来かも？　この醜態を目に焼き付けておかないと！」

「現実逃避をしないでおくれ。そろそろ出ようか」

「うん～」

お師匠がタチアナに声をかけようとした——その時だった。

「小僧っ！　何をするっ‼」

「ひっ！」

入り口方面から怒声と悲鳴。次いで、先程の女性店員の叫び。

「お、お許しください。け、決して、わざとぶつかったわけでは——」

揉(も)め事らしい。

階段を降りる音も聞こえてきた。「【光刃】！　止(や)めろ」「ガキにぶつかられただけで何をしていやがるんだ、お前は」「……【双襲】と【戦斧】」

迷宮都市でも名の知れた連中が偶々同じ店にいるなんて、どういう確率よ。

お師匠に名前を呼ばれる。

「――ハナ」「はーい」

心が躍るのはもう仕方ないことだ。タチアナを椅子へ残し、私達も入り口付近へ。

そこにいたのは、クランの団員をそれぞれ従え、睨み合う三人の男。

金髪の美男子で、双剣を腰に提げているのは【双襲】カール。

その隣にいる黒茶髪、筋骨隆々で髭面の大男は【戦斧】のブルーノ。

そして――黒髪細目の若い男。極東、秋津洲皇国の民族衣装を身に着け、『刀』と呼ばれる片刃の長武器を今にも抜かんとしているクラン【光輝の風】団長、【光刃】のトキムネ。左袖が赤く汚れている。少年店員がワインを零してしまったらしい。

近くの壁に背をつけ栗鼠族の少年店員を抱きかかえたエルフの女性店員は震え、顔面蒼白。カールがトキムネを睨みつける。

「……少年がお前の服を酒で汚したくらいで、斬ろうとするなっ！」

「貴様に何の関係がある？　命まで取ろうとは考えておらぬ。だが、落とし前はつける」

「【光刃】、それは俺達とぶつかってもすることなのかよ？　【紅炎騎士団】【猛き獅子】とお前さんのとこがぶつかったら……ただじゃすまなくなるぜ？」

ブルーノが戦斧の石突で床を叩いた。後方のクラン員達が一斉に臨戦態勢を取る。

店内が重い空気に包まれ、関係ない冒険者達は固唾を呑む。

少しの睨み合いの後――トキムネが肩を竦めた。

「……分かった。今宵はお前等の顔を立てて退こう」

「……そうか」「ああ……そうしとけ」

カールが剣の柄から手を離し、ブルーノも身体の力を抜いた――次の瞬間！

「「っ！」」

異国の剣士は神速の踏み込みで二人を追い抜き、女性店員と少年へ向け抜刀しようとし
――魔法障壁に弾かれ、跳躍後退した。

「！」「……てめぇ」

カールとブルーノも再び臨戦態勢。

トキムネが刀の柄を握り締めながら前傾姿勢になり、低い声を発する。

「……貴様、何者だ」

転移魔法で女性店員達の前に出現し、剣士を吹き飛ばしたお師匠が悪い笑い声を発した。

「ふっふっふっ……よく聞いてくれたね。僕の名前はハル。辺境都市ユキハナで【育成者】をしているんだ。此処は食事をするところじゃないかな？」

「「…………」」「……お師匠」

突然の乱入者に三人のクラン団長は沈黙。

何だかんだ名乗りをあげることを気に入っているのだ。

面倒だし、私が全員畳んで――

「……ハルさぁん～？　ハナぁ？　ふたりきりでどこへいくんですかぁ？」

『！』

「おや？」「……うわ」

奥から酔っ払いの副長がやって来た。剣は持っていないものの目が据わっている。

カールが瞳を見開き激しく動揺。

「タ、タチアナ殿……？」

この騎士様は、うちの副長に懸想しているのだ。

トキムネが低い声で恫喝してきた。

「【不倒】っ！　邪魔をするなっ‼」

「……うるさいです。あたまがいたくなっちゃいますっ！」

「！？！！」

異国の剣士に、八角形の小さな【楯】が襲い掛かった。

抜刀しようとするも――抜けない。凍っている。お師匠の魔法だ。

「っ！」

トキムネは驚愕しつつも【楯】を回避し、壁を蹴り窓から外へ逃走。

クラン員達は唖然としていたが「だ、団長！」「や、やべぇ」「……我等も引き揚げだ」

焦りながら店内から逃げ出していく。

【光輝の風】は、この一年で急速に拡大してきたクランだけど、【光刃】以外は殆どが有象無象。唯一、まともなのは白髪が混じった黒髪の老剣士くらいね。

タチアナが小首を傾げる。

「あれぇ？　止め方がわからないです？」

『なっ！』

【楯】はますます猛り、店内を破壊しようとし――一瞬で消失。お師匠が打ち消したのだ。

キョトンとしたタチアナは、満面の笑み。

「――えへへ♪　ハルさん、ありがとうござい――……」

「おっと」

倒れ込みそうになった副長をお師匠が受け止めた。

近寄り覗き込むと「……♪」もう朝まで起きそうにないわね。

お師匠が副長をおんぶする。

「よっと。ハナ、行こうか」

「……む〜！」

ずるーいっ！！！！

私は唇を尖らして寝ている副長を睨みつけた後、唖然としている店内の連中へ言い放つ。

「……あんた達！　聞きたいことはたくさんあるでしょうけど、何も聞かないでっ！　被害の請求書は【薔薇の庭園】宛にちょうだい。明日、うちの子を修理に寄越すわ」

「……あったまいたい……」

＊

翌朝、目を覚ました私はベッドの中で呻きました。

誰かが着替えさせてくれたようで、寝間着姿です。

枕元には、メモ書きと——小さな紙に包まれた粉薬？

『タチアナへ。二日酔い用だよ』

……ハナ？　でも字が違うような。

よろよろ、と抜け出し洗面台へ。水の魔石から冷水を出し、顔を洗います。

半分寝ながら、歯を磨き終えると——昨晩の出来事を思い出してきました。

「えーっと……昨日は迷宮都市に着いて、ハナと話して、ハルさんと夕食に出た。その後、マーサ達と会って、【光刃】と少しだけいざこざがあって……それで……」

鏡に映る私の頬が見る見る内に真っ赤に染まっていきます。

「え、わ、私…………飲み過ぎて……」

視線を彷徨(さまよ)わせ、よろよろと後退。

振り返り、全力でベッドへ飛び込みブランケットで身体(からだ)を覆い、ゴロゴロ。

「う～～～～～～～～～～～！」

恥ずかしい……恥ずかし過ぎますっ。

よ、よりにもよって、ハルさんにそんな姿を見せてしまうなんてっ!!!

「……ふ、不覚です……ハナと初めて会った時以来、酔ったことなかったのにぃ……」

ベッドの上で羞恥に震えます。ハ、ハルさんにどんな顔でお会いすれば……。し、しかも、今日は迷宮都市を案内する約束もしています。

「ううぅ………」
呻き、打開策を考えますが……何も浮かんできません。
浮かんでくるのは――昨日の温かい背中に抱き付いている自分。
……駄目です。
とてもじゃありませんが、顔を合わせられそうにありませんっ！
な、何か言い訳を。けど、どうすれば？
枕に顔を埋めどうにか心を落ち着かせようとします。
――大丈夫、大丈夫です。
ハルさんは、あんなことくらいで私を軽蔑するような人じゃないですしっ！
黒髪眼鏡の青年の笑顔を思い出し――……。
「あぅ………」
羞恥心が限界を超え、手足をバタバタ。何だか、熱も出てきている気がします。
――ノックの音。
「！」
私は動きを硬直させ、寝ているふりをします。
扉が開き――ハナの呆れ声が聞こえてきました。

「タチアナ～。もう起きてるんでしょ？　お師匠なら、もう出かけたわよ」

「えっ⁉」

私はブランケットをから飛び出し、ベッド脇で水差しとグラスの載ったトレイを持って立っている団長を見つめます。

ハルさんがもう出かけられた⁉

「『昨日、大分飲んでいたからね。お休みさせておこう』ってさ。はい、お水。それ、お師匠の薬だから飲んでおきなさいよね。あ、寝間着に着替えさせたのは私だから」

「そ、そんなぁ……」

私はグラスを受け取ります。

……と、とりあえず、寝間着問題は解決です。少しだけ、ほんの少しだけ残念ですが。

ハナが椅子に腰かけました。足をぶらぶら。

「まー偶にはいいんじゃないの？　完全無欠の【不倒】様より、酔って甘える【蒼薔薇】様の方が人気出るわよ、きっと」

「……人気なんかいらないです。あと、【蒼薔薇】禁止！　ハナ、ハルさんは何処へ？」

「一人でぐるっと、巡って来るって。夜までに封印方法を検討しておかなきゃ」

「……そうですか」

安堵と――……不満。複雑な感情が入り混じります。

水で粉薬を飲み干しベッドから降り、ハナへ通告。

「――クランの仕事は私が片付けます。貴女は《魔神の欠片》の封印方法の検討を。あとですね……ハ、ハルさんへどうやって謝ればいいのか、一緒に考えてくれませんか？」

第2章

ソニヤ

「え？　もう修理費用も渡された？？」

「はい♪　昨日の眼鏡をかけた魔法士さんが。うちの父が『こ、こんなに⁉』って、恐縮していました。しかも、壊れた箇所まで直していただいてっ！」

「「「…………」」」

私はこの半年余り組んでいるマーサ、ヴィヴィと顔を見合わせた。

「（ソニヤ、どうしますか？）」「（予想外だね）」

エルフの女性店員さんの言う通り、『猫々亭』の店内に破損した箇所は見当たらない。

昨晩、私達が帰った後、いけすかない【光刃（こうじん）】がいざこざを起こし、副長が椅子等を破損したと聞いて団長のお遣いで急いで来たのに……あの怪しい黒髪眼鏡が直した？

「えっと……眼鏡の魔法士さんは何処へ行かれましたか？」

私達の中では一番小柄、けれど、しっかり者のマーサが質問した。

女性店員さんがニコニコ顔で教えてくれる。

「冒険者ギルドへ行ってみる、と仰っていましたよ。あの方って、辺境都市の方なんですね！　タチアナさんが甘えるなんて、ドキドキしちゃいました♪」

「ふ、副長が……」「甘えた……」「うわぁ……」

――【不倒】タチアナ・ウェインライト。

迷宮都市最強の楯役にして、【薔薇の庭園】を名実共に支える凄い人。

年齢は私と殆ど変わらないのに、大陸でも数える程しかいない特階位。

性格はとても温厚かつ、戦場では果断。

軽装なのに最前線を譲らず、クラン団員を常に守ってくれる。

容姿も信じられない程整っていて、憧れる冒険者は数知れず。

けど、私が入団する前も後も、浮いた話を一度たりとも聞いたことはなかった。

……その副長が甘えた？　あんな得体の知れない男にっ⁉

怒りで身体が震えるのが止まらない。

「私、そろそろ仕入れに行かないとなので。ハナさんとタチアナさんには、お気になさらず、とお伝えください。あと、あのお兄さんにもよろしくって♪」

女性店員さんはそう言うと、飛び跳ねながら通りの人混みへ消えていった。

店を出ると、両手を後頭部に回してヴィヴィがマーサを見た。背には槍を背負い、尻尾がつまらなそうに揺らめいている。

「どーするー？」

「うーん……」

「――決まっているでしょう」

「え？」「ソニヤ？」

マーサとヴィヴィが私を見つめてきた。両腰に手を置き、宣言。

「あの男を追いかけて、注意しないと。『副長に近づかないでくださいっ！』って」

迷宮都市の冒険者ギルドは、周囲を分厚く巨大な白壁に囲まれた【大迷宮】入り口近くにある。

百年以上前に起きた、大迷宮から魔獣が溢れ出した大事件――通称『大氾濫』以降、年々白壁は増築されており、一ヶ所だけある金属製の門は特級魔法にも耐え得るらしい。

ギルド正面の重厚な扉を開け建物の中に入ると、奥から怒号と、カウンターに拳を叩きつける激しい音が聞こえて来た。

「貴様っ！　聞いているのかっ！」

　この声……マーサが呟く。

「【光刃】さん？」

「……行きましょう」

「う、うん」「りょーかい」

　マーサとヴィヴィを従え、奥へ。

　すると、各地の情報が集められている大掲示板前で、黒髪眼鏡の青年が【光輝の風】の団員達に取り囲まれていた。カウンター内の新米ギルド職員達もおたおたしている。会議でもしているのか、他の職員達の姿はない。

　団員の先頭にいる黒髪で異国の装束姿の若い男――【光刃】のトキムネが、掲示板を眺めている青年へ怒声を浴びせた。

「昨晩は強いて事を荒立てなかったが……俺を無視すればどうなるか、教えてやってもいいのだぞ？」

「団長、やりますか？」「辺境都市なんて田舎の魔法士が」「うちは迷宮都市でも指折りのクランなんだっ！」「身の程を知れ」。……野卑な声ばかり。

【光輝の風】はその名前に似合わず喧嘩腰で、問題を起こしたことがある冒険者ばかりで構成されている。

一人、静かに状況を見守っているのは、乱雑な白髪混じりの黒髪を後ろで結び頬に大きな傷跡が目立つトキムネの副官——ミチカツだけだ。

私もあのハルという名前の青年を胡散臭いと思っているけれど、一応、団長と副長の知人。あそこまで言われるのは気分が悪い。止めないと。

「…………」

「？　マーサ？」「え？」

私が動く前に、小柄なドワーフの少女は集団の中に分け入り、毅然と注意をした。

「貴方方は何をされているんですか？　たった一人を囲んで罵詈雑言を浴びせるなんて、……御自身達の御立場を考えてくださいっ！」

「……あん？」「ガキは引っ込んでろっ！」「いや、待て」「……その袖飾り、お前等【薔薇の庭園】の連中だな？」「ほぉ……」男達がざわつき、ミチカツが眉を動かした。

——【薔薇の庭園】は迷宮都市最強。これは動かし難い事実なのだ。

【光刃】が黒髪眼鏡の青年から視線を外し、蛇を思わせる細い目をマーサへ向けた。

「……【灰燼】の弟子か。引っ込んでいろ！　この男は、貴様等のクラン員ではあるまい？」

「団員ではありませんが、大切なお客様です。【光輝の風】は私達に敵対を？」

「………」

トキムネが沈黙し、忌々しそうにドワーフの少女を睨む。

マーサはこう見えて胆力もあり、私達の纏め役でもあるのだ。猫族の少女へ話しかける。

「ヴィヴィ」「うん！」

私とヴィヴィは足に風魔法を発動し、跳躍。

『！』

男達が驚く中、マーサの後ろに回り男達と向き合った。

トキムネとミチカツは未だ戦闘態勢ではないものの、他の男達は今にも武器を抜いて来そうだ。……少しまずい。

そんな中、掲示板を眺めていた黒髪眼鏡の青年が、冒険者ギルドの男性新人窓口に尋ねた。自分が囲まれているのも気にしていないようだ。

「数日前に帝国騎士達が【大迷宮】に入ったのは本当なのかな？　あと、各層で魔石を落とさない黒い魔獣と遭遇した、というのも」

「え……は、はい……」

「潜った階層は？」

「ひ、百二十層、最前線です。ただ、予定日になっても帰還しなくて……。先輩達は現在、会議中です。魔獣の話はまだ未確認で……」

「ふむ――おっと」

突然、【光刃】が青年へ向けて長刀を抜き打ちに放とうとするも、鞘に炎の小剣が突き刺さり、停止。

「「！」」

私達は驚き、振り返った。トキムネが舌打ちする。

「ちっ……どういうつもりだ、【双襲】？」

入り口にいたのは双剣を腰に提げ、紅の騎士服を着た険しい顔の金髪騎士。

――【紅炎騎士団】団長にして迷宮都市屈指の前衛。【双襲】のカール。

騎士が【光刃】へ言い放つ。

「……トキムネ。貴様も冒険者ならば分かっているだろう？　ギルド内で諍いを起こせば、クランの解散を命じられる可能性もある。剣を抜きたいのなら」

鋭い視線を、こんな状況下でも表情は変わらない黒髪眼鏡の青年へ向けた。

「模擬戦を行えばいいだろう。私も参加したい。――貴殿も受けてくれような？　【灰燼】の師を名乗る者ならば」

「カールさん⁉　な、何を言ってるんですかっ！　そ、そんなの……お師様が聞いたら……だ、駄目ですっ！！！！」

マーサが激しく狼狽し、戸惑う。

へぇ……思わず口角が上がった。

私がヴィヴィに目配せすると親友の瞳は興味深げ。獣耳と尻尾を楽しそうに動かし、微かに頷いた。……面白いわよね。

私達は冒険者。どうしたって、相手が強いのか、弱いのかが気になってしまう。

黒髪の青年が小首を傾げ、眼鏡を直した。

「模擬戦かい？　でも、君達だけだと、すぐ終わってしまうかもしれないよ？」

「……何だと」「……言ってくれるっ」「ハ、ハル様⁉」

トキムネとカールの身体から怒気が立ち上り、マーサは悲鳴。

──視線が青年と交錯した。

「そこの子達もどうだい？　ソニヤとヴィヴィだったかな？　一対四だ。それなら、受けてもいいよ」

「へぇ……」「ふ～ん」

喧嘩を売られた私とヴィヴィは、前へ。マーサが袖を強く引いてきた。

「ソ、ソニヤ、ヴ、ヴィヴィっ！　だ、駄目っ！　こ、この人は、正真正銘、お師様のお師匠様なんだよっ⁉」

「……マーサ」「信じられないんだよね～」

少しだけ胸を痛める。私はこのドワーフの少女を尊敬しているし、信頼もしている。

でも――黒髪眼鏡の青年へ告げた。

「容赦しませんよ？」「本気でやっちゃうよ？」

「いいとも！　君達もいいかな？」

「その増長、後悔させてやるっ！」「若――団長、落ち着いてくだされ」

「……【蒼薔薇】を呼ばなくていいのか？」

いきり立つトキムネを、不安顔のミチカツが止めようとしている中、【双襲】が奇妙なことを口走った。

どうして副長を？　黒髪の青年は苦笑。

「タチアナをかい？　……止めておくよ。ああいう子は怒らすと怖いんだ」

「……名前で呼ぶのだな。そこの職員、訓練場は空いているな？」

「は、はい」

「ならば――」

美形の金髪騎士は、決然と黒髪の青年に布告した。

「迷宮都市冒険者の力、辺境都市の育成者殿に示すとしようっ！　言っておくが、俺は手加減をするつもりはないっ！」

＊

「あぁ～……うぅ～……」

「……タチアナ、五月蠅い。いい加減、落ち着きなさいよ」

「無理ですぅぅ……」

私は団長室の執務机に上半身を投げ出し、頭を抱えます。

起床した当初の恥ずかしさは薄れてきましたが……まだ、頬が熱いです。

クランの書類仕事は私へ任せ、難しい封印術の古書を読んでいるハナが呆れ返ります。

「別にお師匠は、あんな程度のことでどうこうしないわよ。前、グレンと筋肉馬鹿が喧嘩して小さな半島を小島に変えた時だって許したし。……まぁ、その後、筋肉馬鹿はエルミアが選抜した討伐隊に追われて、南方大陸に逃げているみたいだけど」

「……それ、結局、助かっていないのでは？　あと、ハルさんの教え子さん達の話は凄過ぎて想像出来ません。あっさり地図を変えないでください。傍迷惑です」

顔を上げハナへ文句を言い、書類へ目を落とします。はぁ……憂鬱です。

――こういう時、レベッカさんならどうされるんでしょうか？

きっと少しだけ頬を膨らまし、上目遣いをして、

『ハ、ハル……わ、私をおんぶした責任を取ってよねっ！』

可愛い！　可愛すぎますっ！

うふふ♪　レベッカさんは、ハルさんのことが大好き――

「？」

胸に微かな痛みが走りました。何でしょうか？

左手で触ってみます。特段、異常は……また、少し大きくなったのかも？

ハナが頁を捲る手を止め私を凝視してきました。

「……タチアナ、それは私及びエルミアへの当てつけと認定していいわけ……？」

「あ――……だ、大丈夫ですよ、ハナだって、成長を」

「とっくの昔に終わったわよっ！」

「あはは……」

笑って誤魔化します。痛みは消えました。……なんだったんでしょうか？

思考を戻し、想像してみます。

『ハ、ハルさん……わ、私をおんぶした責任、取ってくれます、か……？』

……あぅ。顔を覆い、再び倒れ込みます。

い、いけません。この想像はいけません。何がどういけないのか分からないですが、駄目です！

仕事！　そうです、仕事をしないとっ‼

手で頰を扇ぎ、再開しようとし——私は窓を見ました。

魔法で作り出された黒い小鳥。

「ハナ」「マーサね」

団長が指を鳴らすと窓が開き、小鳥は執務机上に着地。早口で伝言を喋り始めました。

『お師様、タチアナさん！　た、大変ですっ。ハル様と【光刃】【双襲】、それにソニヤとヴィヴィが模擬戦を始めてしまいました。急いで、ギルドの訓練場へ来てくださいっ‼』

「「……はぁ」」

私達は嘆息。剣を手に取り立ち上がります。

ハナが手を振ってきました。

「私は行かなーい。この封印術、少し厄介なの」

「ええ、私だけで十分です」

――ハルさんのことです。

きっと、私が出向くのも想定の内でしょうからね！

ソニヤ

「おや？　もうお仕舞いかな？　ソニヤ、ヴィヴィ」

「くっ！」「嘘でしょ!?」「「…………」」

私とヴィヴィは絶句し、歴戦の【双襲】と【光刃】も険しい表情。

目の前に立つ黒髪眼鏡の青年は訓練用の剣を肩に置き、佇んでいる。

周囲の地面は激しい攻撃で抉れているが……一歩たりとも動いていない。

――此処は迷宮都市名物の一つ。冒険者ギルドが誇る円形大訓練場。

当初は地下にあったらしいが『より広い場所を』という冒険者達の要望に応えた結果、

【大迷宮】を囲む白壁内に設けられた、と聞いている。

高階位の者も訓練出来るよう、わざわざ都市防御用の戦略結界魔法を組み込み、龍の息吹にも耐えられる程、頑丈な造りとなっている。

——私は、最初からこの黒髪の青年が気に喰わなかった。

だから、こんな一対四の変則模擬戦にも参加した。

『団長の師』と名乗ってるけど、大方、『幼い頃の』とかがついているだけよ。

……そう、始まる前は本気で思っていた。

素直に言う。甘かった。甘過ぎた。私は弓を握り締める。

初撃は確かに多少手加減した。弓だって冒険者ギルドから借りた訓練用の物だ。

でも、簡単に防げる一撃じゃなかった。

私が魔力を込めた矢を、ああも容易く剣で叩き落とすなんて……。

隣で荒く息をし、訓練用の槍を握り締めているヴィヴィが呟く。

「……ソニヤ、この人、とんでもなく強いよ……」

【双襲】と【光刃】も、さっきまで漂わせていた余裕の雰囲気は霧消。

観客席に集まっている野次馬達の空気もざわついたものへと変化している。

「おいおい……」「あの二人は【薔薇の庭園】の連中だろう?」「ああ。確か第四階位だ」

「その連続攻撃を防いだ？」「【双襲】と【光刃】の同時攻撃もだ」「見た事ねぇ顔だ」

……こんな胡散臭い男が、迷宮都市の頂点に君臨している冒険者達と互角以上？

戦慄を覚えている私達に対して、終始笑みを浮かべていた黒髪の青年は眼鏡を取り、レンズへ息を吹きかけ直し、提案してきた。

「君達は迷宮都市でも上位に位置する冒険者じゃないのかな？　遠慮せず、全力を出して四人同時にかかっておいで」

「「「「！」」」」

露骨な挑発を受け私とヴィヴィ、【双襲】と【光刃】からも殺気。

上等っ！　そこまで舐められて黙って済ませられやしないっ！

傍らのヴィヴィをちらりと見る。頷き、承諾。

訓練用の弓を投げ捨て、愛弓を道具袋から取り出し構える。

他の三人も同様。魔法剣、魔法槍、気闘術を展開していく。

私は魔力の矢を愛弓へつがえつつ、青年へ言い放つ。

「……手加減しませんっ！」

「そうしておくれ。僕を納得させてくれたら面白いモノを見せてあげよう」

「っ……馬鹿にしてっ！」

魔力矢を空中に向かって解き放つ。出し惜しみはなし。私の全力を見せるっ！

──属性は私が最も得意とする風。

放った矢は最初一本。だがすぐ二本、四本、八本、十六本まで増加し、青年を包囲するかのように空中で布陣。

黒髪の青年が目を細めた。

「ほぉ……未完成とはいえ久方ぶりに見たよ。『千射』だね」

「昨晩、言った筈です。私は超える、と！」

右手に持った訓練用の剣をだらり、と下げ、青年が笑う。

「さて……どうだろう？　世界は君達が思っている以上に広いかもしれないよ？」

「舐めないでよねっ！」

ヴィヴィが体勢を低くし身体強化魔法を全力発動。槍を構えて疾駆。

槍先が蒼く発光──氷属性全力貫通攻撃である【烈槍】！

未完成でも威力は凄まじく、大迷宮で大骸骨兵が投じて来た巨石を一突きで粉砕したこともある。

私も十六本の矢を操り一斉攻撃！

【双襲】と【光刃】は動いていないけど……別に構わない。私達だけで十分よ。

──私とヴィヴィは幼馴染。二人で故郷を出て迷宮都市に来たのが一年前。

連携に不安はまったくない。

偶々知り合った【薔薇の庭園】団員の人の推薦を受けて入ったのは半年前だけど……団長も副長も先輩達もみんないい人達で、その技量にも敬意を払っている。

唯一納得出来ないのは目の前にいる男のこと。

……確かに強い。だけど、団長や副長みたいな圧倒的な差は感じないっ。

こんな男が、あの二人より上にいるなんて、私は、私達は認めないっ!!!

矢による全方位攻撃と、ヴィヴィの全力攻撃。防げるものなら──

「防いでみなさいっ！」「あたしの槍を受けてみろっ！」

「じゃあ──防いでみよう。よっと」

「なっ!?」「きゃっ」

十六本の矢が着弾する直前に訓練剣で薙ぎ払われ消失。

ヴィヴィの必殺の一撃も剣先で槍先を抑えられ魔力が四散。

突進力を殺され、至近距離からの風魔法で私の近くまで飛ばされてくる。

「っ！？！！」

私達は驚愕の余り、声も出せない。……い、今、何が起こったの？

黒髪の青年は剣を肩へ置き、淡々と批評してきた。

「文献だけで再現したせいかな? 速度、威力、魔力の構築は本人達が見たら怒る水準だ。連携も少しずれているよ。君達が【千射】【烈槍】を目指すのなら——おっと。うん、今の攻撃はまぁまぁだ」

「くっ!」「ちっ!」

【双襲】と【光刃】が間合いを詰め、同時攻撃を繰り出すも、訓練剣で軽く受け流される。

すぐさま、炎を纏った双剣と、光属性付与によって煌く長刀による凄まじい連続攻撃。

まるで生き物であるかのような双剣の高速斬り。炎が舞う。

刀による高速突きと変化斬撃。異名通り、光が空間に線を走らせる。

共に第一階位。迷宮都市を代表する前衛と謳われるだけの激しさだ。

——でも、通じない。

訓練場内に激しい金属音が響き、速度を増していく。

「悪くはないね。ほいほいっと」「くっ!」「馬鹿なっ!」

カール、トキムネが少しずつ……けれど、確実に黒髪の青年の繰り出す斬撃を捌き切れなくなっていき、弾き飛ばされ、壁近くまで強制的に後退させられた。

二人の顔には——紛れもない驚愕。

……自分の目が信じられない。

ヴィヴィが私の頰っぺたをつねってきた。

「……ソニヤ、起きてる？」

「……自分の頰をつねらないと意味がないでしょう？」

私も手を伸ばし親友の頰をつねる。

「……痛い。ハハ。どうしよう。夢じゃないよ？　これ」

同感ね。まさか、こんなことが……。

黒髪眼鏡の青年は剣を地面へ突き刺し、腕組みをした。

「ふむふむ。全般的に見れば及第点かな。悪くはない。ソニヤ、ヴィヴィ、さっき言った面白いモノを見せてあげよう。──双剣の君、名前は何と言ったかな？」

【双襲】が双剣を構え直しながら鋭い眼光を飛ばす。

私の肌が震える程の闘志。

「……【紅炎騎士団】団長、カールだ」

「カール君、君は素晴らしい。これからも精進を。何れ特階位に届くだろう。さて、そちらの剣士君だけど……残念だね。昨晩から、少々疑問に思っていたのだけれども」

「どういう意味だっ！」

自信家の様子をかなぐり捨ててトキムネが怒鳴る。

青年は、眼鏡を光らせ冷たく指摘した。

「純粋な技量の面から見て、前衛としての君はヴィヴィ嬢よりやや上程度。精々、第三階位。加えて君自身と長刀に——光属性はない。その《光》、いったい何の力なのかな？」

「「！」」

【光刃】に光属性がない？

——マーサに以前聞いたことを思い出す。

トキムネと副官のミチカツが迷宮都市に来たのは約三年前。

珍しい東方の長刀が目立っていたものの、数多いる冒険者の一人に過ぎず、当時はミチカツの方が名を知られていたそうだ。

それが約一年前、逆転した。

トキムネは急速に力を伸ばし、今では迷宮都市でも最上位の一角。

その彼を象徴しているのが異名にもなっている希少な光属性を用いた、極東の刀術。

圧倒的に速く、そして全てを断ち切る凄まじい切れ味。

——故に【光刃】。

それが偽り？　観戦している者達もざわつき、トキムネが肩を怒らせて怒鳴った。

「い、言いがかりだっ！　俺に光属性がないだとっ⁉　ふざけるのも大概にしろっ‼」

自称育成者が頭を振る。

「おや？　気づいていなかったのかな？　何を媒介にしているのか知らないけれど、止めておいた方がいい。その力は君が扱うには過ぎた力だ。何れ……喰われる」

「だ、黙れっ！　戯言を聞く俺ではないっ！　我が名は葉室七郎時宗！　【大剣豪】をも必ずや超える者なりっ！！！！！」

【大剣豪】……世界最強たる【十傑】の一人にして、堕ちた神すら斬ったと言われる、極東秋津洲皇国の傑物だ。

トキムネの啖呵を聞き、黒髪の青年は肩を竦めた。

「……そうかい。まぁ、それもまた人が選ぶ道なのならば。お待たせしたね、ソニヤ、ヴィヴィ。ああ、全力で防御か回避することをお勧めするよ」

「え？」「つ、杖？」

何の予兆もなく、青年の左手には美しい魔杖が握られていた。

先端には七つの宝珠が輝きを放っている。

それを見た瞬間、

「「～～～っ！！！！！」」

――背筋を凄まじい悪寒が貫いた。ヴィヴィも獣耳と尻尾を逆立てている。

階層の主とやり合った時にも、こんなものを感じたことはない。

見れば、【双襲】と【光刃】も瞳を大きく見開き、硬直。

――あ、あれは、マズいっ！

青年の穏やかな声が耳朶を打った。

「さて、今から見せるのが――本物の【千射】だよ。威力は到底敵わないけどね」

「「「！？！！」」」

杖の先端に微かな魔力を感じた瞬間――一条の光が空中を走り、張り巡らされている筈の防御結界を紙のように貫通、雲を切り裂き、遥か上空へと消えた。

呆然と上空を見上げている私へ、青年の問いかけ。

「さて、ソニヤ、君は『千射夜話』を読んだのかな？」

「あ、う、え、そんな……」

「ヴィヴィ、君はどうだい？」

「こ、こんな……こんな事出来る筈ないっ！！！！」

黒髪の青年が肩を竦めた。

「困った、僕の相手をしてくれない。カール君なら答えてくれるかな？」

上空を見上げていた【双襲】が歯を食い縛り、視線を戻して辛うじて言葉を振り絞る。

「……………お前は、超級以上の悪魔か龍の化身、なのか？　あれに書かれていたのはあくまでも『物語』の筈だ」

青年が魔杖を、くるりと、回転させた。

「まさか。僕はしがない育成者さ。本物はもっと凄いし、君達が目指すべきはこんな次元じゃない。だけど、今は『物語』を味わうのも悪くないと思う。――あの本に書かれた事は嘘じゃなく、概ね真実なんだよ？」

そう言うと、青年は魔杖をまるで、処刑人が振るう剣のように振り下ろした。

瞬間――訓練場上空に展開されていた数千の漆黒の光を放つ、残酷な程に美しい『黒槍』が降り注いだ。

マーサ

「ソニヤ！　ヴィヴィ！」

訓練場の外で、同僚達の奮戦を見ていた私は、信じ難い光景に悲鳴をあげました。

轟音と共に土煙が巻き上がり視界を妨げます。

こ、こんな技を軽々と……。お師様の言葉を思い出します。

『いい？　マーサ。お師匠に稽古をつけてもらう時は真正面の打ち合いを挑んじゃ駄目。どうしても挑みたいのなら……そうね。【星落】を超えてからにしなさい」

ハル様の穏やかな声が響いてきました。

「【千射】は人類史上最高の射手。――が、真龍や上位悪魔を撃ち倒すのに【矢】だけでは威力不足。数を増やしても、怪物達は倒せない。恐るべき魔法障壁と再生能力を持っているからだ」

少しずつ土煙が晴れていきます。ソニヤとヴィヴィは⁉

「故に彼女は考えた。『矢で駄目なら剣で。剣で駄目なら槍で。槍で駄目なら斧で』と」

駆け出して無事を確かめたい……けど、私の身体は凍ったように動いてくれず。壁の縁を握り締め、ただただ震えるだけ。

周囲も異様な静けさ。目の前の出来事が信じられないのでしょう。離れた場所にいるミチカツさんが、顔面を蒼白にしているのが分かりました。

ハル様が魔杖を無造作に横薙ぎ。一気に土煙が舞い上がりました。

「今の技はね、『千射』の派生技で『千槍』と言うんだ。彼女はこれを使って、当時悪名高かったある真龍を仕留めた。高い目標を掲げるのは素晴らしい。だけど、高過ぎる目標は路を歪めもする。一足飛びに行くのではなく、一歩一歩進んでいくのをお勧めするよ」

土煙が晴れ見えたのは――その場にへたり込み、泣きそうなソニヤとヴィヴィ。そして、怯み後退りする【光刃】でした。

訓練場一面には突き刺さっている無数の紫電放つ黒槍。一発も当たってはいません。

いえ、最初から当てようとはされていなかったのでしょう。

そんな中でも立っていたのは、一人双剣を構える紅の騎士。

――【紅炎騎士団】団長、【双襲】のカール。

ハル様が楽しそうに質問されます。

「ようやく、タチアナ絡みを抜きにして、やる気になったかな」

「……迷いは晴れた訳じゃない。が、一人の剣士として、今のを見せられて奮い立たない程、落ちぶれてもいない。【双襲】のカールだ。平民出身故、姓はない」

「【育成者】のハルだよ」

「いくぞっ！」

カールさんは裂帛（れっぱく）の気合を発し、突進を開始しました。

ソニヤとヴィヴィが瞳を見開いています。きっと、私も同じでしょう。

彼とて分かっている筈（はず）です。目の前にいる存在と己との間にある絶望的な差を。

なのに、どうして……

「くっくっくっ――面白（おもし）れぇ」

隣から野太い声が聞こえました。

私が視線を向ける前に、戦斧（せんふ）を片手に持ち、鎧兜（よろいかぶと）を着こんだ髭面（ひげづら）の大男が石壁を乗り越え、眼下の訓練場へ降り立ちました。首元には、橙色（だいだいいろ）の大きな精霊石が三つ付けられた首飾り。

大男はそのまま、ハル様へ突進します。

逆方向にいるカールさんが心底、驚いた声を発しました。

「ブルーノっ⁉」

「楽しそうな相手と遊んでるじゃねぇかっ、カール！　俺も混ざらしてもらうぜっ！　いいよな？　【猛（たけ）き獅子（しし）】団長、【戦斧】のブルーノだっ！　同じく姓はねぇっ！」

ハル様が右手で訓練用の剣を地面から抜かれ、左手に魔杖を構えられました。どちらも淡い黒の魔力光を放っています。

「構わないよ、来るといい」

「へへ……話が分かる、なっ‼」「せいっ！」

練りこまれた土属性の魔力を纏った戦斧が振り下ろされ、低い姿勢から双剣も襲い掛かります。

理想的な連携攻撃。

これを凌げる前衛は迷宮都市でもそうはいないでしょう。

……けれど。

「「⁉」」

「君も第一階位かな？　――先天スキル【怪力】持ちか。うん、良い鍛え方だね」

ハル様は身体を少し動かすだけで戦斧を回避。

カールさんの右手の剣を魔杖で迎撃し弾きました、その先にはブルーノさん。

――が、そこは【双襲】。

見事な姿勢制御で戦斧の柄を踏み台に再度跳躍。空中から斬撃を繰り出します。

ブルーノさんも舌打ちし、戦斧を引き抜き、全力攻撃を繰り出しました。

――凄まじい金属音が響き渡り、二人の攻撃は訓練用の剣に阻まれます。

【双襲】【戦斧】、迷宮都市屈指の前衛が押し込もうとしますが、全く動きません。

「くっ」「おいおい……力まで化け物なのかよ。魔法士だろうがっ⁉」

「ふふ、こうしたらどうするのかな？」

「なっ⁉」「嘘だろうがっ！」

ハル様が笑いながら剣を振ると、二人は吹き飛ばされ距離が生まれました。

長杖が掲げられ——空中に現れたのは無数の黒き矢。【千射】です！

ブルーノさんの顔が引き攣りつります。

「おいおい……どうするよ、カール？」

カールさんは真っすぐハル様を見つめられ、叫ばれます。

「無論——押し通るっ！」「言うと思った、よっ！」

そう言うと、二人はまたしても突進を開始しました。

無数の矢が降り注ぎ、大訓練場が更に破壊。

その中で、ブルーノさんは数百の石壁を生みだし防御。カールさんも斬撃で黒い矢を弾はじきながら前進していきます。

僅か三人が戦っているとは思えません。

私はその光景を眺め、狼狽うろたえます。

ど、どうして……三人共、笑いながら戦えるんですかっ⁉

私と同じ思いなのでしょう。ソニヤとヴィヴィも呆然とその様子を見ています。

背中から涼やかな声が聞こえてきました。

「――……遅かったみたいですね」

「！　タ、タチアナさん」

何時の間にか、訓練場の壁際にまでやって来られていたのは、美しい金髪で前衛とは思えない軽装。腰に魔剣を提げられている私達の副長――【不倒】のタチアナさんでした。

昨晩の浮かれられていた様子は微塵もなく、普段通りの凛々しい御姿。

周りの人達が自然と数歩ずつ下がり、空間が出来ます。

タチアナさんは訓練場内を確認。

「うぉぉぉぉ！！！！」「喰らいやがれぇぇぇぇ！！！！」

「おっと、激しいね」

【千射】を無理矢理突破し、全身から血を噴き出しながら猛攻をしかけるカールさんとブルーノさん。

そして、そんな二人相手にその場から一歩も動かず、笑いながら攻撃を訓練剣だけで凌いでいるハル様。とても、楽しそうです。

　ちらり、と視線が動き——

「……え？」

　い、今、此方を見たような。

　タチアナさんが軽く喧騒の中でぽつり。「……もう、ハルさんたら、甘いんですから。この埋め合わせはしてもらいますから」

　そして、私の背中を押し、思いがけない言葉を告げられました。

「マーサ。貴女も参加しなさい」

「……え？」

　振り向くと、タチアナさんが腕組みをされました。

　クラン副長としての厳しい御顔です。

「ここまできたら仕方ありません。後始末はするので、全力で挑んでみてください。格上の相手に挑めないようじゃ、これから苦労します。うちのクランはそんな甘い所じゃありません。ソニヤ！　ヴィヴィ！　貴女達もですっ！　戦場で震えていたら——死にますよ？　大口を叩いた以上、それに恥じぬ戦いぶりを見せなさいっ！」

「「っ！　は、はい」」

身体が震えています。勝算を全く見いだせません。

訓練場では、私達よりも格上の【双襲】【戦斧】ですら、遊ばれてしまっています。

二人は矢の雨を転がりながら回避しつつ、悪態と共に治癒魔法を展開していますが……

このままでは削り倒されてしまうでしょう。

――でも。

瞑目(めいもく)し、お師様の言葉を思い出します。

『迷った時は即行動。後悔はその後！　とにかく前へっ‼』

目を開け、私は風魔法を使って訓練場へ跳躍。

カールさん、ブルーノさん、そして、ソニヤ、ヴィヴィへ風属性支援魔法と治癒魔法を発動。遮蔽物代わりの土壁も生み出し、走ります。

カールさん達が叫びました。

「ありがたい！」「助かるぜ、嬢ちゃん！」

「マーサですっ！　――ソニヤ、ヴィヴィ、団長の言葉を思い出してっ！　私達は【薔薇(ばら)の庭園】の一員ですっ！」

「「！」」

二人が立ち上がり、戦意を瞳に宿しました。

私は後方へと辿りつき、短く指示を飛ばします。

「何時も通りで！」「……了解」「うんっ！」

すぐさま、ソニヤとヴィヴィは愛弓と愛槍へ魔力を集中。

――あの弾幕の中を突破出来るのは、精々一度だけ。

そして、私達の技量じゃハル様には到底敵わない。

なら……することはただ一つ。後先考えない全力攻撃のみですっ！

「行くねっ！」

ヴィヴィが全速力で駆け出し、前へ出ました。

土壁に隠れ、必死に回避を続けているカールさんとブルーノさんがいぶかります。

「何を！」「嬢ちゃん、さっきの様子とは随分違うなぁ、おい」

転がって矢を躱し、ヴィヴィは土塗れになりながら咆哮。

「あたしが――あたし達が突破口を作るっ！　貴方達は、あの男をっ！」

「「！」」

カールさん達と、悠然と佇まれているハル様も驚き――破顔。

「ふふ……そうこなくちゃね。おいで。僕に君達の本気を見せておくれ？」

「言われなくてもっ！　ソニヤ、マーサっ‼」

「分かってるわよっ！」「行ってっ！」

ヴィヴィが更に速度を上げ、間合いを詰めていきます。

瞬く間に矢が狙ってきますが、前方からのものは槍で薙ぎ払い、遮二無二駆け抜けていきます。その速さたるやっ！

上下左右、そして後方から降り注ぎ直撃するものはソニヤの連続射撃と、私の風魔法が迎撃、射線を逸らしていきます。

勿論、全ては防げず、ヴィヴィの身体中には無数の傷。治癒魔法が瞬き、突撃を継続。

そして無限にも思えた、矢の雨を――

「「抜けたっ‼」」

「やるね」

ハル様の純粋な賞賛が聞こえてきました。

「はぁぁぁぁ！！！！」

ヴィヴィは直前で跳躍し、全魔力を槍へ注ぎ込んでいきます。

穂先が蒼の光を放ち――上空より、必殺の突き！

それに続く【双襲(そうしゅう)】と【戦斧】も双剣と戦斧へ魔力を込め、最大攻撃の構え。

魔杖(まじょう)の宝珠が煌(きら)めき、ハル様へ注意喚起。

対して育成者様は余裕の表情です。

「だけど僕には──」

「それだけじゃ」「ないんですっ！」

ヴィヴィが切り開いた突破口──他の場所よりも矢が薄くなっている場所を貫き、ソニヤの全魔力を込めた魔法矢『一射』と、私の最大魔法である炎属性上級魔法【紅蓮(ぐれん)】がハル様へ猛然と向かっていきます。

──訓練用の剣が一閃(いっせん)。

私達の全力攻撃はあっさりと防がれてしまいます。けど、

「それを狙ってたのっ！！！！」

「おおっと！」

ヴィヴィは未完成『烈槍(れっそう)』を繰り出しました。氷風が舞い踊ります。

が、またしても刃(やいば)を返した剣で防御され魔力は四散。周囲が凍結していきます。

そこに──

「もらったっ！！！！」「おらぁぁぁぁ！！！！」

カールさんとブルーノさんの双剣と戦斧が剣へと振り下ろされます。

――キン、という音と共に、剣身が地面に突き刺さり炎に包まれ、今まで動いていなかったハル様が、初めて後方へと飛ばれました。

「……ふむ」

ハル様は折れた訓練用の剣を少しの間、眺め地面へと投げられました。

やったっ！　やりましたっ‼

ソニヤと視線を合わせ、頷き合います。

……ただ、もう私達の魔力はほぼ空です。

ハル様は美しい魔杖をゆっくりと前へ突き出されました。満面の笑み。

後方で観戦されているタチアナさんの呟きが、妙にはっきり聞こえてきました。

「……ハルさん、まさか……」

目の前から純粋な賞賛。

「御見事っ！　君達の奮戦に敬意を払い、僕も少し真面目になろう。レーベの勉強も兼ねてね。――『我は問う』」

カール

・

奴が奇妙な言葉を呟いた瞬間、空気そのものが一変した。

肌が粟立ち、本能は最大級の警戒を発する。

信じ難いことに、集束していく漆黒の魔力そのものが目ではっきり見える。

隣に立つブルーノが引き攣った声を発した。

「……カ、カール、こいつは……」「……分かっている。だが！」

双剣を強く握り締めると、炎が呼応。今更、何が起きようとも臆するものかよ。

奴が詠唱を続ける。実戦で魔法を詠唱することなぞ稀。

いったい、何を考えて……。

「『汝、始原の炎なりや？』」

「──『いな、われ、しげんのほのおにあらず』」

『!?』

皆が驚く。目の前にいるのは奴一人だけ。

にも拘わらず聞こえてきたのは──幼い少女の声だった。

「『汝、龍神の炎なりや？』」

「――『いな、われ、りゅうじんのほのおにあらず』」

唖然とする俺達を他所に詠唱は続く。

そんな中、後方から魔力反応。複数の炎弾が奴へと殺到、直撃した。

土埃が巻き起こり、視界が妨げられる。

振り向くと、肩で息をしながら必死に魔法を紡いでいたのはドワーフの少女。

【灰燼の魔女】の弟子、マーサ。

「その魔法を最後まで詠唱させちゃ駄目っ！　完成されたら勝ち目はありませんっ‼　それは、その魔法はっ！　きゃっ」

「ふふ、ハナの愛弟子だけあるね」

突風が吹き抜けマーサを直撃する。

土煙の中から姿を現した奴の表情は最初から変わらない。……無傷。

隣に立つブルーノへ目配せをすると、軽く頷く。

先程、全力を振り絞った猫族の少女は見るからに疲弊が激しい。これ以上は無理だろう。

弓使いとマーサはまだ戦えるだろうが……先程と同じ規模の支援は期待出来まい。

つまり――俺達二人でやる他なし。双剣を更に強く握り締め、気合を叩きつける。

「お前が何をしようと関係ない。その前に止めればいいだけだ」

「それはどうかな？ 魔法が完成するまでの間、さっきとは違うものを見せて――」

「させねぇよっ！」

ブルーノが奴の会話を断ち切り駆け出し、一気に距離を詰める。

その逆手側から、こちらも突進。槍使いは……やはり、無理か。

「ヴィヴィ！」「退(ひ)いてっ！」「くぅ」

少女達の指示を受け、猫族の少女はよろよろ、と後退。

すぐさま、俺達の横を魔力矢と炎弾が抜けていく。必死の援護だ。

しかし、奴の目の前で全て消失。眼(め)に見える程の魔力障壁だと？ 化け物めっ！

「おおおおおっ！」

ブルーノが雄叫(おたけ)びをあげ、戦斧を上段から一閃。

その逆側から、俺の双剣も襲い掛かる。

――次の瞬間、戦斧と双剣は花弁(はなびら)を模した【黒楯(こくじゅん)】によって空中で停止していた。

「⁉」

「ここでもう一度尋ねたい。君達は『千射夜話』を読んだことがあるかな？」

「っ、何を言って……」「カール、のるなっ！」

楯越しに青年が言葉を重ねてくる。

「あの本はとてもよく書けている。純粋に面白いしね。だけど、大変に誤解されている点もある。その中でも一番酷いのは——【千射】の実力についてだ」

特大の悪寒。動かなければ……死ぬ。

咄嗟に横へ飛ぶと、ブルーノも同様に回避行動をしていた。

直後、轟音と共に俺達が立っていた場所に、【黒槍】が突き刺さる。

舌打ちをし、再度距離を詰め剣と戦斧を振るうが、悉く【黒楯】によって防がれる。

考える間もなく、再び【黒槍】。そして【黒矢】。まさか、こ、こんな事が⁉

圧力に耐え切れず後退していく中で、青年の淡々とした解説は続く。

「あの子は龍を単独で討伐してみせた。一般的に考えればそれはあり得ない。射手は後衛。如何に高い攻撃力を持っていても、楯役がいなければ力を発揮出来ない、そう考えられているからだ。故に、本で書かれた内容はあくまでも物語だと思われている」

「くそっ！」

双剣から、苦し紛れに炎槍を放つも届かない。

こちらの攻撃は全て【楯】で封殺され、一撃を喰らえば終わりの【槍】を躱しても、無数の【矢】によって少しずつ削り取られていく。

次々と治癒魔法を発動するが、まるで間に合わない。

後方からは依然として必死の支援。

しかし……【矢】と【楯】による妨害が激し過ぎる。

前衛と後衛を分断しての各個撃破。こいつ、戦術の大原則をよく理解しているっ。

「けれど、【矢】【剣】【槍】【斧】、そして【楯】を持つ彼女は、単独で龍をも相手に出来るんだ。当時は間違いなく、世界で五指に入る実力者だったろう。そろそろいいかな？」

奴が長杖の石突をそっと地面へとつけた。

詠唱が再開される。

「『汝、魔神の炎なりや？』」

「――『いな、われ、まじんのほのおにあらず』」

「うぉぉぉぉ！！！！！」「カール、無理するなっ！」

ブルーノの警告を受けながらも無理矢理距離を詰め、炎を纏わせた双剣を奴に繰り出すが届かない。何という硬さの【楯】っ！　こちらの魔法剣を遥かに上回っている。

しかも、全力を出させずまた連携を取らせない為にわざと【槍】【矢】の速度、数を調整まで……何者なのだ？　じりじり、と押し込まれてしまう。

目の前の青年の静かな問いかけ。

「『では、汝、何ぞや？』」

「『我——鉄火の炎なり。戦火の炎なり。血に塗(まみ)れし炎なり』」

幼女の声がはっきりと聞こえてくるようになった。

……血を失い過ぎたか。奴の手を握る白い服を着た幼女の幻覚が見える。

「『始原の炎にあらずとも』」

「『龍神の炎にあらずとも』」

「『魔神の炎にあらずとも』」

「『全てを滅する炎たらん』」

——詠唱が唐突に止まった。

無数に飛んでいた【矢】と【槍】そして【楯】も消えている。奴の表情にも変化はない。

口を開こうとした——その時だった。

石壁の残骸から跳躍し、猛然と青年に襲い掛かる影。鞘(さや)に長刀を納め、抜き放たんとしている。

俺とブルーノは叫ぶ。

「トキムネ！」「てめぇ、逃げたんじゃなかったのかっ！」

「黙れっ！　俺は……俺には、光の才があるのだっ！！！！！！！」

抜き放たれた長刀の光が、煌めいた。

──それは【光刃】の生涯において最高の一撃だったろう。

俺やブルーノであっても防ぐのは困難と思える程、凄まじい斬撃。

しかし……

「⁉　ば、馬鹿なっ！　ぐっっ！！！！！」

奴に届くと思われた直前、光は喪われ、刀身そのものが灰炎に包まれ崩れ落ちた。

残ったのは柄のみ。

「……隠形、ばればれだよ？」

驚愕に目を見開く【光刃】の右手首を奴が摑み、訓練場を囲む壁へ放り投げた。

風の音と共にぶつかり壁が崩れ、動かなくなる。

【光刃】とて高位冒険者。死にはすまいが……戦闘は出来まい。

観客席から、野太い声で「若様っっっ！」という悲鳴があがり、白髪混じりの剣士──

副官のミチカツが訓練場に降り立ち、気絶したトキムネを回収し、撤収していく。

トキムネを一蹴した恐るべき魔法士は残った柄を興味深そうに見た後「……【大迷宮】に

あったのか……帝国皇帝直轄部隊が潜っているのも……」、独り言を零(こぼ)し、こちらに向き直った。

「待たせたね。仕上げをしよう」

――最後の詠唱。

最早(もはや)、止める術(すべ)はない。奴と幼女が声を合わせる。

「『灰は灰に』」「『塵(ちり)は塵に』」

マーサが必死になって止めようとしたわけだ。

使われれば防ぐ術はない。

何しろこれはあの恐るべき魔女が【大迷宮】第百階層の主との戦いで実際に使用し、

「「【灰塵(かいじん)】」」

――主を一撃で打ち倒した魔法なのだから。

ブルーノ

「ブルーノ!!!」「分かってるっ!!!」

超級魔法が発動した瞬間、俺はカールに叫び返しながら、斧の先端に紡いでいた攻撃魔法を全力で防御魔法へ切り替えていた。

胸元の土の精霊石の一つを躊躇いなく砕き、魔力を増幅。

土属性特級防御魔法『金剛王循』を五重形成。分厚い金属の壁がそそり立つ。

即座にカールからは風の補助魔法。分かってやがる。

身が軽くなるのを実感しながら、近場の石壁を思いっ切り蹴り、後方へと避退。

途中、肩で息をしている槍使いの嬢ちゃんの首根っこを掴む。「ひゃん！」可愛い悲鳴があがったような気もするが、無視。

魔法士の嬢ちゃんが、俺達の後退に合わせ無数の石壁を多重展開。防御態勢を整える。

魔女の弟子だけはある、大したもんだぜ。

鎧の端を見ると、掠った箇所が綺麗に消失している。おっかねぇ。

――この間、ほんの一呼吸。

恐るべき灰の炎は訓練場全体で荒れ狂っていやがる。

『金剛王循』の五重発動は、階層の主戦でも何度か使った。

その圧倒的な防御力は、劣勢を跳ね返す貴重な時間を稼ぎ出し、クランの危機を幾度も

救ってきた。

だが……既に三枚目が崩壊、灰へと戻ってゆく。

このままだと、後もうちょいで仲良く墓場行きだ。

模擬戦でここまで『死』を濃厚に感じるたぁ……洒落にならねぇ。

だがよ、俺にも意地がある。

戦斧を前方へ突き出し魔法を紡ぎ、発動を準備する。精霊石は残り二つ。

俺の隣に立つ伊達男が静かに口を開いた。表情には決意の色。

「……ブルーノ」

「何だっ！」

「悔しいが、奴はまるで本気を出していない」

「ああ！」

「この魔法とてそうだ。本来なら——発動した瞬間に、俺達は消えてなくなっている」

俺は大きく頷く。奴が魔女の師だというのは、本当らしい。吐き捨てる。

「あの化け物、【灰燼】を、戦術超級魔法を訓練場内だけに限定発動してやがる。人間業じゃねぇ！　けど、どうするってんだよっ？　ぐっ」

五枚目が崩壊する前に二つ目を砕き、再度、五重発動。キ、キツイぜ……。

精霊石を三つしか持ち歩いていないのは、単純にそれが俺の限界だからだ。

嬢ちゃん達を笑えねぇなぁ、こいつは……。カールが叫びやがる。

「簡単だ。俺は剣士だ。――斬る！」

「……現実を見ろ。目の前には【灰塵】。俺達はボロボロ。向こうは余裕綽々。勝ち目がねぇ。今なら逃げられる」

こういう戦況下でも、凛としている騎士様は頭を振った。

……仕草が何処となく【不倒】に似てきやがったな。

「いいや。俺とお前、そして、この子達がいれば一矢は報いられる。気付いているだろう？　あの魔法発動直前から【楯】が消えた。如何に奴とて、同時展開は出来ないようだ。

……思い出せ、ブルーノ。俺達は二年前にも同じような想いをした筈だ」

……痛い所を突いてきやがる。

二年前、百階層の主との一戦での、苦い経験と無力感は記憶に残っている。

舌打ちし、促す。

「ちっ……分かったよ。で。どうする」

「耳を貸してくれ。君達も」

「「「？」」」

――カールが話した内容は作戦なんて代物じゃなかった。

こいつは単なる特攻。成功の可能性は恐ろしく低い。

だが……分の悪い賭けは嫌いじゃねぇ。嬢ちゃん達も不敵な笑みを浮かべている。

全員で頷き、カールへ精霊石を渡し念押しをする。

「いいか？　突破口を作れるのは一回だけだからな？」

「分かっている」

ドワーフの嬢ちゃんも杖を握り締め、確認。

「……良いんですね？」

「大丈夫だ。やってくれ」

「分かりました……いきますっ！」

魔法士の嬢ちゃんが残り少ない魔力を使い、石壁を形成。

よじ登ったカールを押し出すように再度、石壁が発動――空中へと勢いよく射出！

灰炎が襲い掛かってくるが、

「させないわっ！」

弓使いの嬢ちゃんが全魔力を込めて放った魔法矢で一瞬だけ吹き散らされる。

次の炎がすかさず襲いかかってくるも、今度は槍使いの嬢ちゃんが、

「これが最後っ！」
これまた全魔力を込めて投擲した槍で再び突破。
あと少しだ。もう少しで……こちらを守っている『金剛王循』の四枚目が灰と化した。
化け物の直上に達し、風魔法で急降下するカールが精霊石を砕く。
俺は残存魔力全てを使い、カールに対して三度目の五重発動。
立ち上がれない程の疲労を覚え、片膝をつく。
これでもう何も出来ねぇ。後は……あいつ任せだ。
「おおおおおおおお！！！！！！！！！！！」
カールが咆哮をあげながら、風魔法を使って急降下！
【灰塵】の炎を突き抜け化け物へ双剣を繰り出した。剣身は紅く輝いている。
――壁の間から一瞬だけ見えた奴の顔には朗らかな笑み。
ちらりと上を見て、楽しそうに片目を閉じた。
何だ？　いったい何を……こちら側の五枚目も崩壊。
石壁がまるで薄い紙のように灰になってゆく。

皮肉にも壁がなくなっていくことで、化け物の姿はよく見えた。

カールが放った左片手剣の一撃は灰色の炎に呑まれ、剣身が消失。

だが、本命は右だっ‼

カールの全魔力が込められた必殺の一撃は化け物を捉え——金属音と共に、剣が断ち切られ、宙を舞い、塵になった。

「⁉」

「惜しい、惜しいな。見事な一撃だったよ。もう数年後ならば、僕も、僕自身の『剣』を抜いていたかもしれない」

化け物の左手にはトキムネから奪った長刀の柄が握られ、漆黒の刃が伸びていた。

あれは……【光刃】？　なのか？

——はっきりしていることはただ一つ。

ここまでやってもなお……届かねぇ、と。更には。

「う、嘘でしょ……？」「ううう……」

ダークエルフの嬢ちゃんと猫族の嬢ちゃんが、震えた声を発した。

——奴の周囲には無数の【矢】と【槍】が再展開されていく。

糞がっ‼　単に遊んでやがっただけかよっ⁉

カールはそれでも腰の短剣を引き抜いた。馬鹿野郎っ！　逃げろっ！

助けに行きたいが、此方(こちら)も既に【灰塵】は間近。

せめて、嬢ちゃん達だけでも……無理だな。

まさか、階層の主が相手じゃなく、模擬戦で死——

「死ぬ筈がないでしょう」

呆(あき)れ返った声と共に俺の横を、見知った美少女が高速で駆け抜けた。

光り輝く八角形が形を変え——俺達の周囲にやや歪(ゆが)んだ花を模した【楯】を形成。

灰炎を押し留(とど)め消失させていく。

こ、こいつは……まさか。

ほぼ同時に、依然として未(いま)だ戦意を喪(うしな)っていないカールへ無数の【矢】と【槍】が降り注ぎ——全てが砕け散った。

立ち塞がったのは魔剣を抜き、花片の【楯】を展開し、頬を紅潮させている軽装の美貌の女剣士。

奴が魔杖(まじょう)と剣の柄(つか)を虚空(こくう)へ消し、わざとらしく敬礼する。

「流石は【蒼薔薇】のタチアナ！　──気づいてくれたみたいだね、ありがとう、良い機だったよ。花片の【楯】も初めてにしては悪くない。二日酔いはもう大丈夫かい？」

「ハルさん、少しやり過ぎかと思います。後始末、大変なんですよ？　【蒼薔薇】呼びも禁止ですっ！　見せていただいたので、【楯】の感覚は何となく摑めましたし……と、とても、カッコよかったからいいですけど。お薬ありがとう、ございました……き、昨日の……その、おんぶも……あ、あの、重くなかった、ですか……？」

【不倒】は頰を膨らまし、照れる。

昨日から思ってたんだが、普段と違って歳相応に見えるわな。

奴が答えた。

「羽毛みたいにとても軽かったよ」

「あぅ……」

迷宮都市最強の【楯】役は背を向け、沈黙。

その顔は……う～む、やっぱり、そういうことかよ……。

観戦していた連中の中にも察した奴がいるらしく「お、俺、憧れていたのに……」「この世に神はいねぇのかっ⁉」「もう【龍神】しか残ってねぇよ」「お、お姉さま……う、嘘ですよね……？」「【蒼薔薇】がぁぁぁ」血の涙を流しながら地面叩いたり、現実逃避中。

「「…………」」

ドワーフの嬢ちゃんと猫の嬢ちゃんも顔を見合わせ「「あ～……」」と声を発した。

エルフの嬢ちゃんは怖い視線を黒髪眼鏡にぶつけていやがる。

そして――

「…………」

【双襲】は空を見上げ、折れた剣の柄を握り締め必死に耐えている。うわぁぁぁ。

……これだけは言える。

カールよ、我が友よ――死ぬな、生きろっ！

＊

「お師匠っ！　どーしてっ、そうやって、張り切り過ぎちゃうのっ！　あと、タチアナを甘やかし過ぎっ‼」

「ははは。そんなに褒めないでおくれよ」「ハナ、私、甘やかされていません！」

「ほーめーてーなーいーっ！　……タチアナは自覚してっ‼」

団長室にハナのお小言が響き渡りました。自覚、と言われても……。

窓の外には満月。ソニヤ達は疲労困憊(ひろうこんぱい)だったようで既に休んでいます。

「！」

ソファーに座る私の膝上で寝かかっていた、獣耳寝間着姿のレーベちゃんがびっくりし、目を開けました。

優しく頭を撫(な)でると「♪」再び目を閉じ眠り始めます。愛らしいですっ！

ハルさんは椅子に腰かけられながら、両手を軽く挙げました。

「僕は運動しただけだよ。興味深かった」

「はぁ……うちの新人達」「どうでしたか？」

――あの後、マーサ達にはハナと私とで、お説教をしました。

冒険者である以上、格上の相手に挑む場合もありますし、迷宮都市ではそれが出来なければ話になりません。

けれど、隔絶した実力を把握出来ないのは、いけません。

特にソニヤとヴィヴィは才能がある分、自信過剰なところがあり、何れ(いず)、痛い目に遭うかも、と危惧していたのです。……ハルさんには見抜かれていたようですね。

眼鏡の奥の瞳が優しく私を見つめます。

心臓がドクン、何だか落ち着きません。変な感覚ですね。

「良い子達だよ。ハナの小さい頃に比べたら素直だし」

「なっ⁉　お師匠っ！　私は素直だったでしょっ！」

「ん～どうだろうねぇ」

「………………お師匠が愛弟子を虐めるぅぅ。タチアナばっかり贔屓するぅぅ」

ハナは上半身を執務机に投げ出し、バタバタ。子供ですね。

それを見たハルさんはくすり。

「愛ゆえに、さ。あと、タチアナは頼りになるしっかり者さんだからね」

「……えへ」

自然と笑ってしまい、身体が揺れてしまいます。

ハナはむくれていましたが上半身を起こし——真面目な声を発しました。

「で？【光刃】が仕込んでいた物が《魔神の欠片》だったの？」

「ああ。間違いないよ。ほら」

そう言うと、ハルさんは胸元から鎖を取り出しました。——欠片は一つから二つに。

ただし、片割れは小さく、何か鋭利な刃物によって割られた痕跡があります。

……《魔神の欠片》を割る刃物？

疑問に思いつつ、私は得心。

「トキムネが一年前から急速に階位を上げていったのは、欠片の力を用いていたからだったんですね……。話を聞ければ良かったんですが」

模擬戦の後、カールとブルーノとは会話を交わせましたが、彼はあの後、逃走。

クラン本拠地にも戻らず、それどころか資金が引き出されていたそうです。行方は分かっていません。

副官のミチカツは、明日以降ギルドの事情聴取を受けるようですが意気消沈し、一気に老けた様子でした。

ハルさんが首肯されます。

「そうだろうね。彼に光の素養はなかった。けれど、その独特な剣術には光属性が必要……そこから少しばかり歪んだんじゃないかな？　皮肉なことに、【魔神】とは相性が良かったみたいだ。一年も力を引き出していたら……」

ハルさんはそこまで話されて、首を振られました。取り込まれていた、と。

……様々なことが重なった故、なのでしょうか。

「お師匠」

「うん？」

ハナが口籠りました。古書を指で叩き、言いにくそうに口を開きました。

「……《魔神の欠片》の封印方法なんだけど、私一人じゃ少し厳しいかも。だから」

「ルナを呼ぶかい？」

ハルさんが代案を出されると、団長様は瞳をこれ以上ないくらい、見開きました。

「やっ！！！　絶対、絶対、やっ！！！　…………ナティアを呼ぶ。もう連絡した」

ハナは全力で拒絶。双子の妹さんの力は借りたくないみたいです。

でも、ナティアさんですか……大変なことになりそうですね。

彼女は帝国学術自治都市に存在する奇才、異才ばかりが集う『螺子巻き街』に住む、これまた不思議な魔法使いさん。

異名は――【本喰い】。少々やり過ぎる方です。

「！　――……マスター？」

ハナの大声で膝上のレーベちゃんが起きてしまい、きょろきょろ。

ハルさんが近づいて来て幼女を抱きかかえます。

「ナティアなら安心だね。それじゃ、僕とタチアナはその間、別行動をしよう」

「？　お師匠？」「ハルさん？」

別行動、ですか。

……それって、もしかして、二人きりで……。

レーベちゃんに頬を触られます。

「タチアナ、まっかー」

「え？　あ、そ、そうですか？　この部屋、暑いですね」

「…………説明を求むー」

私が手で頬を扇いでいると、ハナは細目になりハルさんへ要求しました。

すると、育成者さんは悪戯っ子の表情。

「トキムネは大迷宮で欠片を得た。けれど、持っていたのは、本来の形の半分。そして、数日前から帝国皇帝直轄部隊がわざわざ潜っている。残りが【大迷宮】にあるんじゃないかな？　タチアナと一緒に新人さん達を引率して潜ってくるよ。その間に、封印方法を纏めておいておくれ。――タチアナ、御褒美はこれで当たっているかな？」

トキムネ

『息子よ……お前には才が足りぬ。確かに剣の鋭さと技の多彩さは儂を超え、歴代の中でも屈指であろう。だが、剣士として戦場を生き抜いていくには足りぬ。今からでも遅くはない。剣を捨てよ。そうしなければ何れ……二百余年続いた秋津洲の戦乱も去り、『六波羅』は敗れ、『八幡』の時代となった。『葉室』も、儂の代でその役割を終えたのだ』

五年前、当主の座を巡って父と対立した俺は、真剣を用いての立ち合いを挑み——結果、無残に敗れた。

剣の鋭さで優り、技の多彩さでも上回っていた。既に自分が父を超えていると確信してもいた。

にも拘わらず……一方的に敗れたのだ。

その時、受けた宣告と父の悲しそうな表情が、迷宮都市から出た直後から頭の中で繰り返し再生される。

……何故だ？　何故、こんな事になった？

極東、秋津洲皇国の西都にある実家を、守役だったミチカツと共に飛び出し、大陸へと渡り冒険者となったのは父に敗れた直後。

大陸各地を転々とし……約三年前、迷宮都市へ流れ着いた。

俺とミチカツが操る長刀術は、各地から腕自慢が集う帝国の迷宮都市でも希少種だったこともあり、多くのクランから誘われたものだ。

――けれど、それだけで生きていける程、甘くはなかった。

当時の俺は第五階位。ミチカツは第三階位。

毎日の鍛錬を欠かさず、相当数の実戦をこなしてもいたが、顕著な技量の伸びを実感出来なくなってきていた。

【不倒】【双襲】【戦斧】、そして【灰塵】のように、長きに渡って不動な存在は稀有。

立ち止まればあっという間に追い抜かれていくのが、迷宮都市の日常。

俺は焦っていた。大手クランに所属しなかった事が災いし、次第に大口の合同任務からも外され始めていたからだ。

そんな時期だった――俺があの奇妙な欠片を手に入れたのは。

ある日、単独任務で大迷宮中層へ潜った俺は罠に引っかかった。

幸い大きな負傷もせず滑落するだけで済んだものの、帰路が分からない。

広大な大迷宮は、主要地区こそ地図になっているものの、謎な地区も多い。

あちこち歩き回った後、疲れ果てた俺は水場に辿り着き奇妙な物を見つけた。

――それは恐ろしく古い祠だった。

普段ならば無視した筈だ。呪いを受ける可能性もあるし、罠の可能性だってある。

だが、その時は自分でも分からぬが小扉を開き——見つけたのだ。

俺を第一階位に……そして【光刃】と称される迷宮都市でも有数の存在へと押し上げた、漆黒に輝く宝石を。

あの欠片を柄の中に埋め込んで以降、俺の剣技はより鋭く速くなり、何より、どうしても発現させることが敵わなかった葉室流剣術の極意である、【光刃】をも会得した。

自然と、腰に手をやる。

——そこにあるのは長年の愛刀ではなく、予備の長刀。

俺に栄光を与えてくれた欠片はあの忌々しい男に奪い取られてしまった。

しかも、俺が光属性など持っていない事を白日の下に曝すオマケ付きで。

「くそっ！」

寂れた旧街道の小石を思いっきり蹴り上げる。人気は全くなく、魔力灯だけがぽつぽつ、と置かれているだけだ。

あの欠片がいったい何なのかを俺は知らない。だが、神の遺物である事は分かる。

何しろ、持っているだけで剣の切れ味が数段増し、歯が立たなかった魔獣を簡単に両断。柄に仕込んでみれば光の刃を発生させた。

まるで――俺が幼い頃に憧れた伝説の剣士、【光剣】であるかのように。

ミチカツには幾度となく『若様……それは悪しき物です。使ってはなりませぬ。貴方様にもしものことあらば、私は御当主様に顔向けが……地道に修練を！』と迫られ、欠片を外すよう言われたが、全て無視した。

結果――俺は、とんとん拍子に階位を上げ、希少な光属性持ちを喧伝することで【紅炎騎士団】【猛き獅子】に次ぐ規模のクラン【光輝の風】を結成。

遂には最高峰第一階位へ到達。【光刃】という異名をも手に入れたのだ。

……が、それも今や泡沫の夢。

あの奇妙な男に打ち負かされた後、俺は、迷宮都市で生きていく事を最早諦めていた。

クランの本拠地に戻れば、団員達からの詰問が待っているだろう。

欠片を奪われた俺は単なる剣士。とてもじゃないが、クランを維持出来ない。

信頼を決定的に失った以上、冒険者としても終わったようなもの。

それならばクランの金だけをせしめ、逃げた方が賢明というものだろう。後始末は、この一年で煩わしくなったミチカツに押し付ければいい……。

こうして俺は迷宮都市脱出を選択したのだった。

行く先は決めていない。

この際だ。帝国に拘らずいっそレナント王国にでも――後方へ抜き打ちを放つ。

周囲に金属音が響き渡った。

「なっ⁉」

俺の一撃は、異様な巨軀の男が持つ片手斧によって止められていた。

な、何だ……こいつは。ひ、人なのか？

大男の陰からもう一人、フード付きの黒外套を纏う男が現れた。手には魔道具。

魔力灯の光源だけでは、顔立ちまでは分からないが……若い。

距離を取りながら、問う。

「……クランの追手じゃないな。何者だ？」

「【光刃】だな？　愚妹め。噂の筋ではなく、何故大迷宮探索を……うぬ？　お前、光属性ではないようだが……？　まぁ、いい。些事だ。大手クラン相手は少しばかり面倒だと思っていたが――単独行動とは好都合」

「貴様、何を言って――っ」

咄嗟に回避行動。

俺が立っていた場所へ黒の物体が落下。凄まじい轟音と衝撃波を発生させた。

そこにいたのは――両腕が異様に発達し禍々しい魔力を纏った巨猿。特異種か。

男が笑いながら告げる。背筋に先程以上の寒気。瞳に愉悦が見て取れた。

「さぁ渡してもらおうか——《魔神の欠片(かけら)》を。素直に渡せば命は保障しよう。剣士の改造も面白そうだからな」

「まったくっ！　あの男は何をしているんですかっ！　私達だけならいざ知らず、副長まで冒険者ギルド内で待たせるなんてっ！」

「ソ、ソニヤ、落ち着いて」「そーそー。もう少しだと思うし～」

「…………ふん」

ダークエルフの少女は腕組みをしそっぽを向きました。昨日の模擬戦を体験しても、ハルさんのことが気に入らないようです。

【薔薇(ばら)の庭園】担当の窓口を務めている、短い赤髪で、小さな角を頭に生やしている竜(りゅう)人(じん)の少女――イーサが私の冒険者証を差し出しながら尋ねてきました。

「タチアナさん。迷宮転移の魔法設定完了です。……本当に百二十層へ？」

「ええ。何か問題でも？」

私は受け取りながら、にこやかに答えます。

「い、いえ！　タチアナさんがいるのなら、問題ないとは思うんですが……」

イーサはちらり、とお喋りをしているソニヤ達を見ました。

三人は第四階位。最前線と言っていい、第百二十層へ潜るのにはやや力不足です。

冒険者の無謀な死を嫌うギルドの立場を考えれば、懸念を覚えるのも無理はありません。

けれど──私は返答します。

「無理をするつもりはありません。きっと、今までで一番、安全だと思いますし☆」

「は、はぁ……潜るのは、タチアナさんと、ソニヤさん、マーサさん、ヴィヴィさん、それに──」

「副長！　あんな男のことなんか待たずに、行きましょうっ！」

ソニヤが近づいて来て訴えてきました。

「ダメです。ハナがお留守番をする以上、私だけじゃ危険を伴います」

「う……そ、それは……そうですが……」

ダークエルフの少女は俯き、拳を握り締めました。

後ろにいるマーサとヴィヴィも無言。理解はしても、納得はしていないみたいですね。

二階のギルド長室の扉が開き、笑い声が聞こえてきました。

「はっはっはっ！　ハル殿の若い者を引き上げたがる癖は変わらぬなっ！　エルミア殿に

「僕の細やかな楽しみなのさ。エルミアや古い子達には内緒にしておいておくれ」

和やかな会話をしながら、白い魔法士のローブ姿の銀髪エルフと黒髪眼鏡の育成者さんが階段を降りて来ました。

ギルド会館内の冒険者達に緊張が走ります。

「お、おい」「ああ、ギルド長だ」「珍しい……」「あの黒髪、昨日、【双襲】達とやりあっていた男だぞ」。昨日でハルさんは随分と有名人になったようです。

私に気付き、声をかけてくれます。

「タチアナ、ごめんよ。昔話に花が咲いてね」

「大丈夫です。丁度、許可もいただきましたし。ですよね、イーサ？」

「は、はい！」

窓口の少女が慌てて頷いてくれます。いい子ですね。

ハルさんは頷かれ、新人達に話しかけました。

「そうかい。ソニヤ達もお待たせしたね」

「……」「い、いえ」「ハルさんは、ギルド長と知り合いなんですか〜？」

ソニヤはそっぽを向き、マーサは両手を振ってあたふた。ヴィヴィだけは、物怖じせず質問しました。

ハルさんが私の隣に立ち、答えてくれます。

「悪友、というやつだね。最後に会ったのは……何年ぶりだろ？」

「サクラ殿とアザミ殿を育成されていた時だと記憶している。数年ぶりではないか？」

「……懐かしいね。それじゃ、行こうか、タチアナ」

育成者さんは目を細め、片目を瞑りました。

「は～い。――マーサ、ヴィヴィ、ソニヤ、行きますよ」

「は、はいっ！」「……ギルド長と悪友。ハルさん、何歳？？」「…………はい」

三人は各々応じ、出入り口へ向かって行きます。

ギルド長が小声で、イーサへ指示を出すのが聞こえました。

「（……懸念があるのは分かる。が、ハル殿の実力は私が保証しよう）」

「（……ギルド長がそう仰るなら）」

竜人の少女は不承不承、といった様子で頷きました。

そして、私へ向き直り、真剣な表情で最新情報を告げてきます。

「現在、第百二十層以降を探索しているのは、一パーティ――皇帝陛下直轄の特任部隊【白銀隊】だけです。隊長の七聖騎士【鉄壁】ヘルムフリート・ヘルトリンク様に、随分とタチアナさんのことを聞かれました。また、魔石を落とさない奇妙な黒い魔獣の目撃情報が寄せられています。……【不倒】の異名、心から信じていますが、危うくなったら、即座に転移呪符で撤退を。無事の御帰還をお待ちしています」


ギルド会館を出て、私達は【大迷宮】の入り口へ向かいました。

神殿のような白亜の建物最上部には大時計塔が聳(そび)え立ち、多くの冒険者達が行き交っています。もう、何度見たか分からない光景です。

石の階段を進むソニヤ達の背中を見つめながら、私は隣のハルさんへ尋ねました。

「……あの子達を連れて行ってよろしいんですか？」

「大丈夫だよ。僕が支援するし、今はすやすやだけどレーベも、君だっているしね」

にこやかな笑み。けれど、私には通じませんっ！

意識して低い声を出し、詰問します。

「……ハルさん、もしかして、私に【楯(たて)】の練習をさせようとしていますか？」

「さて？　何のことかな？」

「……う～」

レベッカさんの言葉を思い出します。ハルは意地悪なのっ！

頬を少しだけ膨らましていると、育成者さんは私の耳元で囁かれました。

「(ギルド長に聞いたんだ。帝国軍は古い祠を探しているらしい。しかも、一部の冒険者は、魔物を生み出す黒いフード付き外套姿の魔法士を見たそうだ)」

「(！　そ、それって、ユヴランの……)」

思わず立ち止まり、ハルさんの顔を見てしまいました。

——あ、凄く近い。

心臓がドキドキし、顔が火照ってきます。け、経験したことがない感覚です。

わ、私……荒々しい足音と共に、ソニヤが私達を引き離しました。

「副長！　早く行きましょうっ！　……貴方も、もたもたしないでくださいっ！」

「ソ、ソニヤ……」「うん。そうだね」

私はダークエルフの少女に引きずられるように歩き始めました。ハルさんも続かれます。

——止められなかったら、私、あの後、どうなってしまったんでしょうか。

【大迷宮】を囲むように建てられた、都市最古の石造りの建物へ入り、奥へ向かいます。

途中にある第一階層入り口の苔むした巨大な扉は開け放たれ、若い冒険者達がギルド職員の説明を受けた後、次々と漆黒の闇へ足を踏み入れていきます。

第一階層は平原だったと記憶しています。第二階層は巨大な沼地。第三階層は森林。第四階層は荒野。初の転移魔法陣がある第五階層は廃教会。

【大迷宮】は都度、その姿を変える――次元迷宮と呼ばれる所以(ゆえん)です。

しかし、地図作り専門の冒険者によって第百層までの地図作りが終わっているので、新人さん達が生きて帰って来る可能性はかなり高い、と言えるでしょう。

――私達が、今日向かう第百二十層の完璧な地図はまだ完成していませんけど。

ハルさんがいても、油断しないようにしないと！

「タチアナさん、着きました」

マーサが私の名前を呼びました。

――部屋の地面いっぱいに出現していたのは、巨大な魔法陣でした。

杖(つえ)で魔法陣を操作している若い人族の男性ギルド職員さんが振り返りました。

「転移ですね？　冒険者証をお願いします」

「はい」

職員さんへ冒険者証を渡し魔法陣の中央へ。マーサ達もすぐさま近づいてきます。

私は一人、巨大な柱に触れられている育成者さんへ声をかけました。

「ハルさん、どうかされましたか？」

「ああ、ごめんごめん。……昔、あの柱でハナやルナの背を測ったのを思い出してね」

――ふと、故郷の父を思い出しました。

もう少し立派になったら、手紙くらいは書いてもいいかもしれません。魔法陣の光が増していきます。

職員さんが私へ証を返してきました。

「準備完了です！」

「ありがとうございます。――マーサ、ヴィヴィ、ソニヤ。事前に情報は頭に叩き込んできましたね？　今から、行くのは第百二十層。最前線です。絶対に油断しないように」

「「はいっ！」」

「では――」

私はハルさんと視線を合わせました。その手にはさっきまでなかった魔杖。微かに頷き、片目を瞑ってくださいます。

魔法陣から出た職員さんへお願いします。

「飛ばしてくださいっ！」

「いきます！」

次の瞬間——足下の眩い光が一気に広がり、私達を包み込みました。

＊

「ソニヤ、マーサ　上からガーゴイルが来るよっ！」

「ヴィヴィ、視認しているわ」

「えっと、数は——ひっ！　タ、タチアナさん……」

「マーサ、落ち着きなさい」

赤髪ドワーフの少女が言い終える前に、石の槍を持った十体のガーゴイルが、空中から私達を完全包囲しました。

猫族の少女は槍を握り締め、今にも突撃せん、という構え。

ダークエルフの長身の少女は既に『千射』を放とうとしています。

ですが……生半可な攻撃は通じないでしょう。

今、私達がいるのは【大迷宮】第百二十層転移魔法陣。

通称、『大廃城玉座』。

ここの階層は、数百年は使われていないだろう巨大な石造りの建物が幾つも連なり、それがたった一つの城を構築しています。余りにも広大で全容は不明。

天井の朽ちた大穴からは、曇り空が見えています。

本来、転移魔法陣周辺は安全の為、冒険者ギルドが入念に魔獣除けの強力な結界を張っているのですが――視界の外れに要の結界石が破損しているのを確認。

誰かが戦闘を行った際、そのままにしていたようです。

バレれば迷宮都市で今後一切の仕事が出来ないくらいの大罪だと言えます。

犯人の追及は後でするとして――上空のガーゴイルを見やります。

踏破されている百二十三層まではずっと大廃城階層。

とにかく硬くて、機動性に富むガーゴイルが嫌という程、出現します。

三人で切り抜けてほしいところですが……やや、離れた場所に佇むハルさんから質問。

「タチアナ、迷宮における魔物除け結界構築の規則は変わっていないよね？」

「はい。勿論です」

「……少しのんびりしようと思っていたのだけれど、そうも言ってられない――」

「危ないっ！」

ソニヤが切迫した声を上げました。

一体のガーゴイルがハルさん目掛け、急降下してきたからです。

すぐさま動こうとする三人を私は手で制止します。

「副長⁉」「タ、タチアナさん！」「た、助けないとっ！」

「必要ありません。だって」「よっと」

突き出された石槍(せきそう)の高速突きを、ハルさんは寸前でひらり、と後方へ跳躍し回避。

私達を見て、一言。

「こいつ等は僕がやるよ。ヴィヴィ、ソニヤ、マーサ、参考にしておくれ。まずは――」

魔杖が蒼光(そうこう)の渦を巻き始めました。躱(かわ)されたガーゴイルが怒り、上空から再攻撃を敢行。

対して、ハルさんも石の地面を蹴り跳躍。

――あっさりとガーゴイルを魔杖で貫通し、空中に躍りでました。

「「「！？！！」」」

ソニヤ達が絶句する中、氷嵐(ひょうらん)が巻き起こり、別個体をも凍らせていきます。残りは八体。

ヴィヴィは片手で防御しながら目を見開きました。

「【烈槍(れっそう)】⁉」

空中のハルさんが魔杖を弓のように構えられ、引き絞り、速射されます。

【千射】ではなく、【一射】ですね、あれは。

瞬く間に三体の頭を射抜き、撃破。残り五体。ソニヤが愛弓を握り締め、震えます。

「……こんな、こんな簡単に、百二十層の魔獣を倒せるの……？」

残ったガーゴイル達は散開し、上空へ逃亡。石弾の雨を降らせ始めました。これが厄介なんですよね。空を飛べる魔獣が手強いのは、こういうところです。

ハルさんが空中で魔杖を横に大きく振られると、五つの大火球が発生。

生きているかのように炎が伸び、石弾の全てが消失。

次いで、逃げようとするガーゴイル達を執拗に追撃し、燃やし尽くしました。

マーサが感嘆します。

「魔法発動後の形態変化！　あんな高等技術を⁉」

「――と、こんな感じだね」

黒髪眼鏡の育成者さんが私達の後方に着地。左手の人差し指を立てられます。

「ヴィヴィ。君はパーティの最前衛を担う『眼』だ。突撃ばかりに気を取られてはいけない。【烈槍】も、まずは風と水の二属性で氷を生み出すのを、無意識でも出来るよう訓練を。風・水・光・闇の四属性による、完璧な氷を集束させるのはその後でいい」

「は、はいっ!」

猫族の少女は背筋と、獣耳、尻尾を伸ばし、敬礼。

「ソニヤ、【千射】を使いたい気持ちはよく分かるよ。けれど——【千射】とは【一射】を分裂させる技じゃない。【一射】を全力で千発同時展開し、相手を射抜く技なんだ。【一射】をおろそかにしている限り、永遠に完成しない」

「…………っ。参考にしておきます」

ダークエルフの長身少女は顔を背け、唇を噛みました。

「マーサ、君は、ハナが弟子にした子なんだよ? もし、自分を信じられないのなら、『お師様』を信じてみればいいんじゃないかな?」

「は、はい。あ、ありがとうございます」

赤髪のドワーフの少女は勢いよく、頭を下げました。

——後上方に次々と気配。

見上げると、朽ちた大穴から数十体に及ぶガーゴイルが侵入してきます。

三人娘が怯んだ表情を浮かべました。

「あ、あの数は……」「し、洒落になっていません」「あわわわわ」

ハルさんが私を見て、意地悪な笑み。

「タチアナにも実演が必要かな？」

「はい、必要です！　見せてください、ハル先生♪」

「仕方ない副長様だね。それじゃ——」

ハルさんが振り向きざまに魔杖を大きく横へ振ると、ガーゴイルを囲むように空間に次々と漆黒の【花片（はなびら）】が顕現していきます。

「まずは範囲攻撃だ」

一斉に【花片】がガーゴイルの群れに襲い掛かり、容赦なく切り刻んでいきます。

魔獣は石の楯（たて）を生み出し防ごうとしますが、時間稼ぎにもなりません。

生き残った十数体のガーゴイルは急上昇し、魔法陣を重ね合わせ、魔力を集束させていきます。ハルさんが悪戯（いたずら）っ子の顔になられました。

「——【蒼薔薇（あおばら）】様のために、実演してみよう」

魔杖をクルリ、と回し全ての【花】を合わせ、

「っ！」「わぁ……」「凄（すご）い……」

ソニヤ達が驚嘆します。

——空中に現出したのは、美しい【黒薔薇】。

ガーゴイル達も危機感を覚えたのか、数千の石槍を解き放ってきますが、黒薔薇はその

悉(ことごと)くを防ぎきり、一弾たりとも通しません。

魔法を撃ち終えた十数体のガーゴイルが怒り、ハルさんへ次々と突っ込んできます。

私は愛剣を抜こうとし――ハルさんの左手に制されました。

「もう一つ、見せておこう」

黒薔薇の魔力が魔杖に全て吸い込まれ、呟(つぶや)かれます。

「――光を集め、ただ、解き放つ。旧友の受け売りだけどね」

黒髪の育成者さんは魔杖を無造作に横薙(な)ぎ。

瞬間――漆黒の光が走り、ガーゴイルごと、廃城そのものを大きく切り裂きました。

頭上の朽ちた穴が広がり、瓦礫(がれき)が落下してきますが魔力の余波だけで消失していきます。

この技は――ソニヤが零(こぼ)しました。

「小さい頃、絵本で読んだ……【勇者】の御業(みわざ)？」

ハルさんの手から魔杖が消え――レーベちゃんが駆けて来ました。

「タチアナ、だっこ」

「え？　あ、はい」

「「「!?」」」

三人娘が動揺している中、言われるがまま幼女を抱き上げると、ハルさんが身体(からだ)を伸ばして、私に向き直りました。

「どうかな？　今のは所詮真似(まね)っこだけど、完成したら、タチアナの方が凄いと思うよ」

「面白そうです。練習してみますね。あら？」

レーベちゃんの姿が消えました。

ハルさんへ視線で尋ねます。大丈夫なんですか？

「昨日も今もたくさん頑張ったから寝かしておこう。生まれたてで、力を発揮出来ていないんだ。ああ、単に僕が未熟、というのもある」

「……あはは」「「「………」」」

乾いた笑いが出てしまいます。

ソニヤ達は、レーベちゃんについて質問する気力もないようです。

パン、ハルさんが手を叩(たた)きました。

「道中でたくさん試していこう。目標は新階層、第百二十五層に到(いた)ること。そして、【白銀隊】が何をしているのかを探ろう。戦闘するつもりはないけれど、油断は絶対にしないように。——魔獣よりも、時に人の方が遥かに恐ろしいからね」

＊

「ハルさん、ハルさん！　もう、出来る？　出来た？」

「ん～……もう少しかな。マーサ、パンはどうかな？」

「そろそろ全部焼き終わります。美味しそうですね♪」

　ヴィヴィがハルさんの具沢山シチューを覗き込み、マーサはフライパンでパンを焼いています。……二人共、今日一日でハルさんに懐いたようです。

【大迷宮】第百二十四層。

【三神】が描かれた下層へ続く階段の扉前。既に潜り始めて、一日が経過しています。

　三層続いた大廃城を駆け抜け、三度、無数の星が瞬く不可視の螺旋階段を降り、のどかな草原階層でハルさん手製のお弁当に舌鼓を打ち——魔獣を倒し続けた末、ようやく、次の階層への階段入り口を発見したのです。

　地図もなしに僅か一日で四層を踏破し、次なる階層の入り口まで発見したのは、快挙だと言えます。ソニヤ達の名にも箔がつきますね。

陽が落ち、夜の帳が周囲を支配しつつある中、私達は夕食の準備をしています。

先行した帝国の部隊もここで休息を取ったらしい、焚火の跡。

土魔法で作られた石壁が四方を囲み、簡易の魔力灯まで設置されています。

発見したヴィヴィ曰く「……嗅いだことがない人の臭いがしたから」。

既に天幕と魔獣除けの結界を張り終えたので、後は夕食を作るのみです。

肉の塊を厚く切り分け、塩をまぶしていると、隣のハルさんから質問されます。

「タチアナ、いっぱい食べられるかな？」

「食べられます♪　今日はたくさん移動したので」

「了解。ソニヤはどうかな？」

「………………食べます」

焚火の火の管理をしながら拗ねているソニヤが、小さく返事をしました。

この子、御嬢様なので、料理をした経験がほぼ皆無なんですよね。

簡易椅子に足を抱えて座り、呟いています。

「私だって、お手伝いしたかったのに……」

……困りましたね。シチューを配膳しているハルさんへ目配せします。

すると、私が切った肉とフライパンを指差されました。あ、なるほど。

ダークエルフの御嬢様に声をかけます。

「ソニヤ、お肉を焼いてもらえませんか？」

「！　は、はいっ！　任せてください」

瞳を輝かせソニヤは立ち上がり、両手を握り締めました。こういう所が凄く可愛いんですよね。マーサとヴィヴィもニコニコしています。

「よろしくお願いしますね」

「はい！」

私は切り終えたお肉が載った木の板をソニヤに渡しました。

代わりに水の魔石を使ってポットの中に水を注ぎ、炎の魔石にかけます。

――上空を見上げると、満天の星空。

迷宮都市に来て五年以上が経ちましたが、毎回不思議な感想を抱きます。

「……私達は、迷宮に『潜って』いるんでしょうか？」

「良い着眼点だね。はい、どうぞ。温かい内にお食べ」

「ありがとうございます」

シチュー皿とスプーンをハルさんから受け取り、御礼を言い、木製の椅子に腰かけます。

肉や野菜がごろっと入っていて、食欲をそそられます。

うちのクランが掲げる大方針の一つに、『迷宮内でも温かくて美味しい食事を、お腹いっぱい食べられるようにするっ！』があり、現状ほぼ達成されています。

道具袋の支給。各属性魔石の積極活用。良い素材の確保――ハナが率先して進めていましたし、きっとハルさんからの受け売りなんでしょう。

焚火前では、三人娘が楽しそうにお喋りをしています。

「マ、マーサ、火、強過ぎない？」「これくらいだよ」「もう少し焼かないと～」

仲良しですね。テーブルへお皿を置き、私はシチューを一口。

「ん～♪　美味しいです～☆」

「良かった。――さっきの話だけど、星空がある時点で地下じゃないね」

「そうですよね」

焼きたての丸パンを手に取り、シチューに浸し、ぱくり。

ハナはこの食べ方が一番好きだと言っていました。私も同感です。

育成者さんが話を続けます。

「迷宮都市の【大迷宮】は一層毎に転移されている、と考える方が自然だと思うよ。この世界が僕達の生きている世界なのかも分からない」

「……そう考えると、ちょっと怖いですね」

【大迷宮】を生み出したのは、今は亡き【女神】だったとされています。

伝承では、【六英雄】を鍛え上げる為に作られた、とされていますが……真相を知っている人はもう誰もいません。

食事の手を止め、物悲しい想いを抱いていると、ソニヤが大皿を持って来ました。

「出来ました！　どうぞ、食べてくださいっ！」

見事な焼き加減の肉の塊を載せた大皿がテーブル上に鎮座。食欲を誘う匂いが鼻孔をくすぐります。

「冷めない内にどうぞ。……昼間の助言は検討しておきます」

「うん、そうしておくれ。君なら、何れ素晴らしい射手になれるさ」

「……貴方に言われなくてもそうなります」

ソニヤは淡々と受け答え、椅子に座りシチューを食べ始めました。

素直じゃないですね。前の席に座った、マーサ、ヴィヴィも苦笑しています。

ハルさんの実力は理解しても、反撥してしまうのでしょう。

「タチアナ、ポットのお湯が沸いたよ」

「あ、は～い」

私は席を立ち、ハルさんの傍へ向かいました。

ソニヤ

「………眠れない」

夜半。私は静かに呟き目を開けた。
脳裏に響いているのは、昼間、あの自称育成者に何度も言われたこと。
『ソニヤ、まずは【一射】を極めよう。【千射】はその先にある』
隣へ視線を向ける。
「……おしさま……」「かぁさまぁ……」
マーサとヴィヴィが手を握り締めあいながら、寝言を零している。
何時もなら、魔獣除けの結界を張っていても、こんな風にみんなでは寝ない。
けれど、今晩はあのハルという男と、副長が番をしてくれている。
私は静かに毛布の中から抜け出し、外へ出た。
空には瞬く星。

迷宮都市では灯り(あか)が多く、星をあまり見ないので、郷愁を覚える。

「おや？　ソニヤ、どうしたんだい？」

焚火にポットをかけ、枝で調整していた黒髪眼鏡の青年——ハルが私に気付いた。

副長はテーブルへ上半身を預け、うたた寝をされている。……初めて見る。

外套の位置を直しながら、私は答えた。

「……眠れなかっただけです」

「ああ、なるほど。昔、ハナもよくそう言っていたよ。紅茶を淹れ(い)るけど飲むかい？」

「…………」

無言で頷き(うなず)、青年の対面に置かれた椅子に腰かける。

——暫し(しば)の沈黙。

聞こえて来るのは、焚火のパチパチという音と、知らない虫の鳴く声。

青年がポットにお湯を注いでいく。何となく聞いてみる。

「貴方は、今まで何人くらいを育ててきたんですか？」

「ん？　そうだなぁ……はい、どうぞ」

青年は、手慣れた動作で紅茶を淹れ、私へカップを差し出してきた。

「……ありがとうございます」

両手で受け取る。……温かい。

「何処まで含めるかによるけど、百人はいないんじゃないかな？」

「……正直に言います。私は貴方のことを胡散臭いと思っています。けれど」

私は顔を上げ、視線を青年へ真っすぐぶつけた。

「貴方の実力は本物です。私程度ではその底が全く測れませんが……どうして、貴方程の人が世に名前を知られていないんですか？」

「――ソニヤ、それは違うよ」

「え？」

焚火を挟み、青年は眼鏡を外した。空を見上げる。

……少しだけ寂し気だ。

「僕達の時代はとっくの昔に過ぎ去っている。今更、名声を得ようなんて考えもしないし、そこに意味も見いだせない。今の僕がしたいのは――」

青年が視線を戻し、私へ大人の顔を見せた。

「君や、マーサ、ヴィヴィみたいな子達へ助言をしたり、時には背中を押すことなんだ。僕は【六英雄】じゃなく、【育成者】になりたいんだよ。……きっと、そっちの方が遥かに難しい。何人教えても、悩みは深まるばかりさ」

「……貴方って、変わっていますね」

「【千射】を目指すお嬢さんには負けるさ。君は魔法士の方が向いているよ？」

「……迷宮都市へ出て来る前、父と母にもそう言われました」

二年前、故郷の里を出る際、散々言われたことを思い出す。

ダークエルフは歴史上、有名な射手を生み出しておらず、魔法士が多い。

けれど、私は射手に——幼い頃に読んだ『千射夜話』の『私』に憧れたのだ。

「…………【育成者】さんにお尋ねします。私、【千射】にはなれませんか？」

「なれないね」

「っ！　……そう、ですか」

淡々とした通告に、項垂（うなだ）れる。

……私は。

「お食べ」

「え？　きゃっ」

顔を上げると、眼鏡をかけ直した青年が何かを投げてきた。……焼き菓子？

戸惑いつつも食べてみる。

「——美味（おい）しい」

「それは新しい教え子が、僕のレシピで作ってくれた物なんだ。次はこっちだよ」

もう一つ投げてきたので、片手で受け取り食べてみる。

こっちも美味しい。けれど……種類は同じなのに味が違う。これって。

青年がカップを掲げた。

「使っている材料や量は全部一緒。なのに、味は全然違う。不思議だよね。でも、だからこそ——……人は面白い。ソニヤ、君が【千射】を目標にするのは間違ってない。けれど、【千射】本人になろうとしなくてもいいんだ。だって、君は君なんだから」

「…………はい」

天幕の方から人の気配がした。

焼き菓子を食べ紅茶を飲み干し、カップを近くのテーブルへ置き立ち上がる。

「御馳走様でした。戻ります」

「大いに悩み、進んでおくれ。それが君の財産になる。マーサ、ヴィヴィと一緒にね」

頷き、背を向け——振り向かないまま、告げる。

「今晩のお話、参考にします。私の名前はソニヤ・ユースティン。借りは必ず返します」

「楽しみにしておくよ」

「…………」

答えないまま天幕へ戻り、ブランケットへ潜り込む。

すると、マーサとヴィヴィが目を開け、聞いてきた。

「ソニヤ、ハル様と二人きりで夜話ですかぁ？」「楽しそうだったねぇ～」

「……見てたのね。何もないわよ。世間話をしただけ」

「ふ～ん♪」

「……もう、寝るわよ」

状況は圧倒的に不利。私は目を瞑り、眠ろうとし――静かに言葉を発した。

「――……マーサ、ヴィヴィ」

「？　はい」「なに～？」

二人が私を見ているのが分かる。素直に伝えておく。

「これからも頑張りましょう――三人で一緒に」

「！」

息を飲む音が聞こえ、次いで、嬉しそうに頷く気配。

「――うん♪」「えへへ～ソニヤ～☆」

「きゃっ。ヴ、ヴィヴィっ！　抱き付かないでっ！」

*

ソニヤが天幕へ戻ったのを確認し、私は上半身を起こしました。

咄嗟に寝たふりをして正解だったみたいですね。我ながら素晴らしい判断でした！

私は、黒髪眼鏡の育成者さんへ甘えてみます。

「……ハルさん、お隣に行ってもいいですか？」

「勿論。お茶を淹れ直そうと思っていたんだ。タチアナ、付き合ってくれるかい？」

「はい♪」

いそいそ、とハルさんの隣の椅子へ腰かけます。

ポットが焚火にかけられ、手慣れた動作で紅茶の準備をされていきます。

「寝られなくなったら大変だ。茶葉は少な目にしておくね」

「ありがとうございます。――ハルさん」

「何だい？　ん～牛乳を持ってくれば良かった」

そう言われるハルさんの横顔に憂いはありません。

けれど……私は素直に尋ねます。

「先程、ソニヤと話されていた時、少し寂しそうでした。……何か？」

「あ～……恥ずかしい所を見られてしまったね。昔、こうして星空の下、焚火を囲んだ友と教え子がいたな、って、感傷を覚えていたんだ」

「ハナとルナさん、ですか？」

二人は、ハルさんの下を巣立つ前、【大迷宮】に潜っていた――いえ、ハナの話を聞く限り、地上に数ヶ月戻らず、迷宮暮らしをしていた時期があったと聞いています。

「あの子達とも来たね。その後も使ったよ。グレン、ファン、サクラにアザミ……すぐ巣立ってしまったのはレベッカくらいかもね。お転婆だった頃のカガリも連れてきたし」

【天騎士】【烈槍】【舞姫】にタバサさんの御祖母様の【宝玉】さんもですか。

アザミさんという方はよく知りません。レベッカさんが聞いたらきっと地団太を踏んで悔しがりますね。ふふ……ちょっと優越感です。

「お友達というのは？」

「――……今では、皆、会うことも出来ない友さ」

「……ごめんなさい」

「いいんだ」

会話が途切れてしまいます。でも――決して嫌な沈黙じゃありません。

お湯が沸き、ティーポットの中に注がれていきます。

茶葉を蒸らす僅かな時間。私は、気になっていたことを聞いてみました。

「ハルさん、うちの若い子達は改めてどうですか？」

「皆、才能があるね。ハナもタチアナも人を見る目がある」

「……えへ♪」

純粋な賞賛。自然と頬が緩んでしまいます。

紅茶をカップへ淹れながら、ハルさんが個々人の評価を教えてくれます。

「ヴィヴィは、少々突撃したがりだけれど、前衛にはあれくらいの負けん気が必要だ。氷との相性もいい。【烈槍】、使えるようになるかもしれないね」

「きっと喜びます。獣耳と尻尾を震わせて」

「マーサはハナに似た努力家だね。魔法は積み重ねた者が勝つ。何れ名を成すだろう」

ことり、とカップが丸テーブルに置かれました。

「ありがとうございます。彼女はハナを尊敬しているので、泣いちゃいそうです」

御礼を述べて受け取ります。――温かい。

「ソニヤは……エルミアを目標にしない方がいい。【千射】には誰にもなれない。僕が見せた程度の御遊びは出来るようになるだろうけどね」

「お遊び、ですか？」

カップをテーブルに置き、まじまじと見つめます。

ハルさんが肩を竦(すく)められました。

「エルミアは僕が言うのもなんだけど——この世界における最高の射手だよ。並の前衛だと近づくことも出来ないんじゃないかな。以前、グレンが挑戦して音をあげていたし」

「……当代の【天騎士】様がですか」

エルミアさんが強いのは知っています。

片鱗(へんりん)を見たこともありますし、何よりハルさんの隣にいる方です。弱い筈(はず)がありません。

けれど、まさかそれ程とは……。

「でも、ソニヤにも十分以上の才がある。エルミアとは違う系統の【射手】を極めてほしいね。【一射】を突き詰めたら、面白くなると思うよ」

育成者さんは嬉しそうに論評を終えられました。素朴な疑問が零(こぼ)れます。

「ハルさんは三人を育成したい、とは思われないんですか？」

「残念ながらね」

「……理由をお聞きしても？」

「簡単な話さ。才があり過ぎる」

「才能がある方が良いのでは？」

大きく頭を振られます。

「才ある子は、勝手に上へ上へと伸びていく。僕が育てたいのは、磨けば光るのに、切っ掛けが摑めず藻掻いている子なんだ。そういう子達が羽ばたいていくのを見るのが好きなんだよ。あの三人と――何処かの【蒼薔薇】さんを教え子にしないのは、それが理由さ」

「……その呼び方、禁止ですぅ」

ハルさんが意地悪な顔になられました。

「タチアナも自信を持った方がいいね。一度見せただけの技を、すぐ模倣出来る子はまずいない。――ハナは僕にとって娘同然だ。可愛い愛娘の片腕が君で良かった。有難う。これからも、あの子をよろしく」

「…………あぅ」

不意打ちで絶賛を喰らってしまい、頰が紅潮。身体が勝手に揺れてしまいます。

「さぁ、紅茶を飲み終えたらお眠り。朝まで時間はあるよ」

「……はい」

私は紅茶を飲み干し、後ろ髪を引かれながら立ち上がりました。

天幕の前まで行き――振り返り、最後の質問をします。

「ハルさん――昔のお友達とも、こうやって優しい夜話をされたんですか？」

黒髪の育成者さんは沈黙。

眼鏡を外され、目を細めて夜空を眺められながら答えてくださいました。

「――……ああ、たくさんしたよ。短い、けれど絶対に忘れられない日々だった。おやすみ、タチアナ。良い夢を。夜が明けたら、扉を開けて不可視の階段を降りて行こう。そうすれば、明日は先を進む帝国の騎士達に追いつけるだろう」

ハナ

「ん～……疲れたぁ………」

クランの団長室の机に古書を投げ出し、私は独白した。

窓からは柔らかい朝の陽光が差し込み、気持ちがいい。

お師匠達は今頃【大迷宮】のどこら辺だろうか？

予定では、一泊二日ということだったし。

「……ついていけば良かったかなぁ。よっと」

大きな椅子から降り、メモ紙を手に備え付けてある簡易キッチンへ。

お湯を沸かしている間、お師匠に囁かれた言葉を思い出す。

『ハナ、僕は別に魔神をもう一度倒す気はないんだ。ただ静かに、人の手で無理矢理起こされることのないようにしておきたい。……彼女が蘇ったら、それこそ『魔神戦争』の再来だ。そんなの付き合いきれないからね』

紅茶の硝子瓶を取り出し、茶葉をポットへ入れる。

――お師匠は嘘つきだ。

確かに【魔神】の復活は恐ろしい。

何しろ、一柱で世界そのものを相手どり、滅ぼしかけた存在。

【勇者】【剣聖】【全知】の三人と、人を愛し抜いた【女神】の献身がなかったら――少なくとも、【魔神】を信じない者達の歴史はそこで潰えていただろう。

だけど、違うのだ。

私は数十年しか生きていないし、苛烈な戦場は実体験として知っていても、かつてこの世界で実際に起こった、凄惨極まる戦乱を知らない。

今では御伽噺の中でしか語られない、世界の最果てである、鈴の音が鳴り響くという

【銀嶺(ぎんれい)の地】。そこへ向かった【六英雄】。

その生前の様子を知り、【魔神戦争】や、【大崩壊】時には、【剣聖】【全知】とやりあった戦歴を有する最古参組から、夜話に聞いた程度だ。

——でも、分かる。

この世界で最も恐ろしいもの、それが決して『神』なんて存在ではないことを。

お師匠は二年前から、準備を静かに進めていた。

……エルミアの話だと、今のお師匠は昔に比べて少しだけ弱くなっているらしい。

だから力を補う為(ため)、あの魔杖(まじょう)を——成長すれば神代の武器をも超えるだろう『レーベ』をわざわざ用意した。

これから世界に吹き荒れるかもしれない嵐を警戒して。お師匠の予測は外れない。

近い将来、世界は大きな戦禍に見舞われるだろう。

——【六英雄】降臨以前の、混沌(こんとん)しきった、血塗られた大戦乱時代に匹敵するような。

「ま……私達には関係ない話だけど」

要はお師匠の言う事をよく聞いて、頑張ればいいだけだ。

お湯が沸いたので炎の魔石を止め、ゆっくり丁寧に　小さい頃、妹と一緒にお師匠から習ったことを思い出しながら、紅茶を淹れていく。

……あの子も事態が動けばきっと参戦するだろう。

ポットとカップ、それに、私がマーサに伝授し、暇な時に焼かせているクッキーを数枚とり、執務机へ戻る。

さて……休憩が終わったら、もうひと踏ん張りしないと！

ガタン、と窓が鳴った。

振り返り、確認すると——小さな『本』が浮かんでいた。

「……遅かったじゃない」

窓を開けると、『本』が中へ入って来る。

手を触れなくても勝手に開き——

『長旅だった。妹弟子なのに姉弟子を呼び出すなんて……嗚呼、酷い酷い。お師様に慰めてもらわないと』

古い古い椅子に腰かけている、小柄な混血魔族の少女の姿が投映された。

帝国南方に位置する独立学園都市。

その中にある異才、奇才しか住んでいない『螺子巻き街』が生み出した超絶技巧の魔工

技術だ。お師匠曰く、世界基準よりも百年は進んでいる。

人族と歴史上、何度もやり合ってきた魔族の技術をも吸収しているだけのことはある。

小さな二本の角を持ち銀髪銀眼。三つ編みには銀リボン。眼鏡をかけていて、魔法士姿。

四方には天井までの本棚と、机や床に本、本、本。

――この子の名前は【本喰い】ナティア。

お師匠の教えを初期に受けた最古参組の一人だ。

来る気になれば即座に来れただろうに……私の手紙を放置してたわね。

私は紅茶をカップに注ぎながら嘯く。

「へぇ～……そういうこと言うんだぁ。ふぅ～ん」

ナティアが眉を顰める。

『……妹弟子が『相談したいことがあるの』って書いてきたから、読んでいた本を途中で切り上げたんだぞ？　もう少しでエル姉が【龍神】直系とやり合う場面なんだ！』

「まーた、『千射夜話』？　好きねぇ。さて、本題よ。ねーねー、ナティア御姉様ぁ」

カップを執務机に置き、猫撫で声を出す。

すると、姉弟子は見るからに嫌そうな顔をした。

『――……変な企てだったら、乗らないぞ。私は本を読むのに忙しいんだっ！　読みたい本はこの世に数多いのだからっ！』

「あら、残念。これ、お師匠からの」『――話を聞こうか』

すぐさま態度を豹変させて、いそいそと机の上を片付け、これまた古びた手帳と金属製のペンを取り出した。お師匠からリボンと一緒にもらった宝物らしい。

私はクッキーを齧り、椅子に腰かけ足をぶらぶら。

ここぞとばかりに、姉弟子を虐める。

「え～変な企てだと思ったんでしょう～？　お師匠の話なのにぃ～」

『ぐぅ！　そ、それは……ハ、ハナやルナの持ち込む案件は、面倒事が多いから……。この前だって、「腐鬼の軍を人為的に発生させる魔法は存在するのか？　存在するならば、どの程度の魔力が必要か？」と聞いてきて……』

「……………あの子が？」

手を止め、考える。

私の双子の妹、【天魔士】ルナは天才だ。

一を聞いて千を知り、理論だけで未知の魔法すらも創造する。

十年前、あの子が二代目【天魔士】になって以来、疎遠だけれど……。

ナティアが両手を軽く掲げた。

『聞けば、先日、帝国の西都を腐鬼の王が襲撃した、と。軽く一蹴したそうだが、妙な違和感を覚えたらしい。……ハナ、まだ姉妹喧嘩中なのか？』

「……妹だからこそ、許せないこともあるのよ。ま、いいわ。本題に入りましょう」

私は話を打ち切り、魔法式を空間に展開。

ナティアが目を細め確認し——暫くして、呻いた。

『……こんな大々的な封印式、何を対象に使うつもりなのだ？　理論上ならば、【三神】すらも抑え込める——……まさか、お、お師様は遂に世界を⁉　あわわわ！　こ、こうしちゃいられないっ！　兄様や姉様にもお声がけをして』

「待って！」

興奮した様子で立ち上がり、椅子の周りをグルグルと歩きながら、最古参組に招集をかけようとする姉弟子を止める。

……お師匠の教え子ってみんな同じ思考法に到るのかしら？

以前、話を聞かされた時、丸っきり同じ反応をしたことを思い出し、反省。

「お師匠はそんなこと考えてない。封じようとしているのは、《魔神の欠片》よ」

『——……ふむ』

ストン、椅子に腰かけナティアが足を組んだ。残念ながら、色気も胸もなし。

私も足を組む。すると、姉弟子が批評してきた。

『――色気も胸もないな。失格』

「はぁ!?　私は、まだ数十年しか生きてないんですぅ～。もう、二百年近く生きてて、成長可能性皆無な、お師匠の真似っこで眼鏡をかけている姉弟子さんとは違うんですぅぅ」

『現実は非情だぞ？　ドワーフ族の身体の成長期は人族と変わらないだろう？』

「あーあーあーあーあー！　聞きたくなーいっ‼　……話が前に進まないわね」

『仕方ないな。何しろ私の妹弟子はとても可愛い。……で？　《魔神の欠片》だって？』

「そ、そういう恥ずかしい台詞を吐くなっ！　新しい妹弟子が出来たのは聞いている？」

『【雷姫】の話なら。確か、名前はレベッカ・アルヴァーン。レナント王国伯爵家の娘だったか。お師様が直接教え子を取ったのは――あの黒髪暴風娘と狂想者以来だったな』

ナティアの言う暴風娘とは、【舞姫】の異名を持ち、今では大陸有数のクランとなった【盟約の桜花】を率いるサクラのことだ。

もう一人の子の名は……アザミ。

かつてこの星を征した、人であって人ではない者――【魔女】の血統を継ぐ少女。

お師匠のことを信じ切っていて、他の者は殆ど眼中になく、それでいて、凄まじい魔法を扱う。サクラとは犬猿の仲だ。

この二人を育て終えた後、お師匠も思うところがあったようで……私がマーサを推薦した時も、首を縦には振らなかった。

だから……

『ハルが新しい捨て猫を拾った』

この話をエルミアから聞いた時は心の底から驚いたものだ。私はカップを手に取った。

「二年前、【雷姫】とお師匠は奇妙な特異種に遭遇した」

『その話も聞いている。【悪食(あくじき)】だったか。しかも、人為的に作られた』

ナティアが何もない空間からティーポットとカップを取り出した。

ぷかぷか、と浮かべながら注ぎ入れ、一口飲む。とても様になっていてカッコイイ。

密か(ひそ)にこの姉弟子は、妹弟子から妙な人気があるのだ。

「ええ。そして、先日――メルとトマと一緒に特級悪魔を討伐。その際、落としたのが」

『《魔神の欠片》だった、と』

「そ。因(ちな)みに、それを召喚した黒外套(がいとう)の男は【全知】の遺児を名乗り、かつ人形使いだったんですって。目的は――【魔神】復活」

『……………ほぉ』

ナティアは年齢的に、生前の【六英雄】をギリギリ知らない。

けれど、【神剣】【蒼楯】【星落】【拳聖】、そして、エルミアに可愛がられていた。思うところがあるのだろう。

姉弟子が大きく頭を振った。

『……外ならぬお師様の御言葉。信じないわけにはいかない。『招集』は？』

「かけるつもりはないみたい。この話も貴女なら話しても大丈夫というお墨付きをもらったから話している。他、『好機必戦』の許可を貰っている面子で知っているのは、エルミアと当代【天騎士】【天魔士】だけだから、残りの五人には絶対話さないでね？」

お師匠は、教え子達の中でも特に実力がある八人に『好機必戦』の許可を与えている。

要は『もう僕よりも強いから、君達は好きにおやりよ』という白紙委任状だ。

その実力と戦歴は凄まじい、の一言。一人一人、分厚い本が書けてしまう。

なお、私は外れている。と言うより、自分で辞退した。

だって、お師匠に勝てるなんて思ったことはないし……。

ナティアが嬉しそうに顔を綻ばせた。

『そ、そうか。お師様はそんなにも、私を信頼してくださっているのか。……ふふふ♪

幾つになっても嬉しいものだな。私よりも上の兄、姉弟子の方々の内、事を穏便に済ませようとするのは、エル姉唯御一人。他の方々は、世界樹を斬ろうとしたり、国を一夜で滅ぼしたり、山を拳で平野に変えたりされる。懸念されるのも無理はない』

「……エルミアが穏便、と評される世界ねぇ」

常にお師様第一主義を貫きに貫く、捨て猫を拾ってくるのが大好きな姉弟子を思い出し、黄昏てしまう。

だって――【千射】なのだ。

【十傑】に名前が出てこないだけで、未だ世界最強後衛であろう、あの。

世界は余りにも広過ぎて、深過ぎる。

紅茶を飲み干し、言い切る。

「とにかく！　お師匠は《魔神の欠片》を十三片集め、黒外套達よりも先んじて封印する腹よ。そしてその封印方法構築を託されたのが」

『ハナと私、というわけだな？　面白くなってきた！　……そ、そういえば』

突然、姉弟子がもじもじしだした。

右手で銀髪を整え、妙に『女の子』を感じさせる。

……この後の言葉が読めるわ。

『お、お師様はおられないのかな？　手紙には迷宮都市に来られている、と……』

「残念。【大迷宮】に潜ってるわ。うちの副長とひよっこ達を連れてね。昨日の内なら会えたのに残念だったわね」

『はぅ』

姉弟子は執務机へ上半身を投げ出した。そして、子供のように駄々をこねる。

『やだやだやだやだ、やだぁぁぁ。お師様にお会いしたいぃぃぃ――……ハナ、どうして、報せてくれなかったのだ⁉』

……う〜ん。他の妹弟子達には見せられない光景ね。私は姉弟子を虐める。

「妹弟子の手紙を放置した姉弟子さんのせいだしぃ、仕方ないんじゃないのぉ？」

ナティアが身体を動かすのを止めて顔を上げ、恨めし気に私を見た。

涙目になりながら唇を尖らせ、ぶつぶつ。

『……ぐすん。妹弟子が可愛くない。小さい頃はあんなに可愛かったのに。ナティア姉さま、絵本を読んで〜♪　って言ってたのに……嗚呼。時の流れはなんと残酷か……』

「！　そ、そんなこと言ってないでしょう⁉」

『言ったっ！　証拠もある‼　私は、ちゃんと録音して』

「消せっ！　今すぐ消せっ‼　この引き籠りっ‼」

『！　また悪口言ったぁ。お師様ぁぁぁ。早く戻って来てお説教してくださいぃぃ』

姉弟子とギャーギャー言い合う。

――お師匠とタチアナ達に付いて行かなかった寂しさは、いつの間にか消えていた。

＊

「着きましたね……第百二十五層、ですか。ハルさん」

「墓場、のようだね。タチアナ、少し確認するよ」

「はい！」

「……嫌な臭い」「あわわわ」「……鼻がおかしくなりそう～」

ハルさんは近場の岩に跳躍され、ソニヤ達は顔を顰めている。

不可視の階段を降り終え古い扉を開けると、広がっていたのは異様な光景でした。

屋根もない廃墟の残骸です、か……。

四方を見渡しても、見る限り草木は悉く枯れ果て生気はなし。

空はどんよりと厚い雲に覆われ、陽は見えません。

各所には墓石が無数に立ち並び、欠けたり、錆びつき朽ち果てようとしている武具の数々が刺さったり、転がったりしています。まともなのは、古い石造りの道だけ。

上層の穏やかな様相と明らかに異なり、嫌な予感しかしません。

ソニヤとヴィヴィも驚きそれぞれの武器を握り締め、マーサは冷静に古い扉の近くに転移の呪符を貼りつけました。私達の物とは違う呪符も貼られています。

危なくなったら即撤退が【大迷宮】の鉄則。

まして、未踏破階層です。念には念を入れておくに越したことはありません。

「タチアナ、みんな」

声がした方に視線を向けると、育成者さんが遠方を見られていました。

私はソニヤ達へ目配せし、岩場の下に近寄り声をかけました。

「ハルさん、何か見えますか？」

「――先行者がいるね。例の【白銀隊】だろう」

『！』

ソニヤ達が顔を見合わせました。訝し気です。

「新階層に達して帰還したものと」「訓練、でしょうか？」「騎士様が？」

私は降りて来たハルさんに近づき、小声で囁きます。

「（……やはり、《魔神の欠片》を求めて？）」

「（どうかな？　一先ず、接触して観察をしてみよう）」

「（はい）」

「……副長、ハルさん、どうしますか？」

ソニヤが聞いてきました。

……ハルさん？

私が疑問を口にする前に、育成者さんが手を叩かれました。

「出発しよう。進行方向は道なりに。前の階層と基本は同じだよ。ヴィヴィは先頭で『眼』の役割を。その後ろにタチアナ、マーサ、ソニヤ。僕は一番後ろに付くからね。周囲の風景から考えて、想定される相手は――はい、ソニヤ」

指されたダークエルフの少女は少しだけ考え、上空を見上げました。

複数の魔獣が飛翔しているのが見えます。

「……死霊や腐鬼系、死体を喰らう鳥の魔獣でしょうか？」

「正解。幸い見晴らしはとてもいい。上にも気を配ろう。――それと」

私達を見渡すハルさんの表情がほんの少しだけ、厳しさを帯びました。

ソニヤ達も顔を引き締めます。

「進む先に【白銀隊】がいた場合、突然、戦闘になる可能性がある。感知魔法や罠にも注意を。——何処の迷宮でも最も死亡例が多いのは人を相手にした場合だからね」


荒野の墓所を貫く街道をとにかく前へ、前へと進んでいきます。

時折、腐鬼や空からは死肉鳥が集団で襲ってきますが——

「来るよ！」

先頭を行くヴィヴィが氷の探知魔法で敵襲を察知して注意を喚起。

「射るわ！　マーサ、お願い」「うんっ！」

すぐさま、ソニヤが弓を構え未完成な『千射』ではなく、『一射』を速射。

マーサは風魔法を操り、矢の命中精度を向上させ魔獣を片っ端から倒していきます。

そんな矢の雨の中を、ヴィヴィもまた駆けまわり、槍捌きを披露。自らの身体能力と、風魔法を併用して空中高く跳躍し、不用意に降下した死肉鳥すらも狩るのは見事です。

私は三人の活躍を見ながら、剣の柄に手をかけ、後方をちらり。

予想通り、ハルさんは三人の活躍に目を細め慈愛の視線を注いでいました。

むむむ……私も【楯】の練習をしないとですねっ！

決してこれは、いいなぁ、私もハルさんに褒められたいなぁ、という我が儘なわけじゃありません。そうです！

心中で、言い訳を重ね自分を納得させます。

意気込み、上空から急降下してくる死肉鳥へ【楯】を叩きつけようとし――ハルさんにやんわり止められました。

「うん。タチアナは見学していようね」

「ハルさん……私も試したくてですね」

ドサリ、と落ちる音がし、最後の死肉鳥が地面へと落下。

ソニヤ達が報告してきました。

「終わったっ！」「……何本か外しました」「ソ、ソニヤのせいじゃないよ」

――早い、早過ぎます。

ヴィヴィ、ソニヤ、マーサ、もう少し手古摺(てこず)ってくれてもいいんですよ？

急速な成長を見せる新人達に心の中で文句を言っていると、ハルさんが片手を振られました。魔獣の死体が消失していき、魔石だけが残ります。

……が。

「変ですね」

「「「？」」」

私の呟(つぶや)きを聞いて、三人が不思議そうな顔をしました。

ドワーフの少女へ指示を出します。

「マーサ、魔石を風魔法で集められますか？」

「は、はい」

風が渦を巻き、私達の傍に魔獣達が遺した魔石が集まってきました。

……どう見ても数が足りません。

ソニヤ達も気づいたようで「あれ？」「……おかしい」「数が？」

代表し、私が尋ねます。

「ハルさん、これはいったい……」

黒髪眼鏡の育成者さんは少しだけ考え込まれ、魔石の幾つかを拾い上げます。

「まだ確証はないよ。ただ、気付いたかな？　魔獣達の中に黒い個体が混ざっていた。魔石を落とさなかったのは、そいつらだね」

「黒い個体、ですか……」

言われてみれば、混ざっていました。

魔力を溜め込んだ魔獣は、通常種と異なる色に変化することがままあります。

でも、私は『黒くて、魔石を落とさなかった魔獣』を知っています。

……帝都で戦った、【悪食】と同じ。

眼鏡の奥のハルさんの瞳に憂いが視えました。ソニヤが口を開きます。

「色違いの魔獣はそこまで珍しくないのでは？」

「そうだね。でも、魔石を落とさない魔獣は余りいない」

「……余り、ですか。つまり、いるにはいる、と」

ダークエルフの射手は言葉を繰り返し、それ以上、突っかからず黙り込みました。

昨晩の出来事で多少なりとも心情の変化があったようです。

猫族の槍士が元気よく挙手しました。

「はいっ！　ハルさん、質問です！」

「何かな？　ヴィヴィ生徒」

「魔石を落とさない魔獣って、何がいるんですか？」

「良い質問だね。花丸だ。帰ったら、お菓子を焼いてあげよう」

「わーい♪」

すっかり、ハルさんに餌付けされたヴィヴィがはしゃぎます。

扱いが手慣れていますね。

……レベッカさんも、エルミアさんに『元捨て猫』って呼ばれていたような。

「魔石を落とさない魔獣。それは、つまり体内で魔石が結晶化するだけの時間を持たなかった個体、ということになる。若い魔獣だと、魔石が小さかったりするのはその為だ。ただ、そういう魔獣は生き延びられないから、僕等が遭遇するのは基本魔石を持っている」

「でも――此処は、【大迷宮】第百二十五層です。魔石が結晶化していない魔獣がいるとは考えられないと思います」

マーサが堂々と意見を述べました。

ヴィヴィとソニヤが少しだけ驚き、嬉しそうに笑みを見せます。

今頃【本喰い】さんと悪巧みをしているだろう、ハナが見たら心から喜ぶでしょう。

ハルさんが指を鳴らされました。

魔石が浮かび、道具袋の中に吸い込まれ消えます。

「そうだね。【大迷宮】に人が集まって来る最大の所以は、他の場所よりも質が良く、大きな魔石を得られるからだ。――なのに、落とさない魔獣が存在した。つまり」

「――人為的に生み出された、ですね？」

ハルさんは私を見て頷きました。右手を翳され、魔杖『レーベ』を顕現。

「「「！」」」

私達全員へ七属性の支援魔法がかかりました。

圧倒的な高揚感に包まれ、身体が一気に軽くなります。

この魔法をハルさんがかける、ということは。

鋭い指示が飛びます。

「隊形を変更するよ。先頭には僕が入ろう。ヴィヴィとタチアナは交代。感知魔法も使わなくていい。魔力は全て【烈槍(れっそう)】へ。ソニヤも魔力の矢を練り上げておくれ。マーサは最大魔法だ。襲撃してくる魔獣は、タチアナが全て倒してくれるから気にしないように」

＊

隊形を変更して、私達は更に荒野を突き進みました。

その間、次々と魔獣が襲ってきますが——

「ハルさん、こんな感じで良いんでしょうか？」

私は最大十三枚の【楯】を分割。

無数の小さな【花片(はなびら)】とし、地上、空中の魔獣達を切り刻んでいきます。

支援魔法の効果で、今までよりも遥(はる)かに制御が容易。負担もまるでありません。

「うん、そうだね。まだ、多少制御速度が遅いし、ぎこちないけれど」

「後は実戦あるのみ、ですね」

「……うわぁ」「……副長」「す、凄過ぎ……」

ハルさんの指示で、ひたすらに魔力を集束させているマーサ達が唖然としています。

考えてみると、昨日も殆どこの子達に任せましたし、普段は防御に徹しているので、私が攻撃を担当するのは見せたことがなかったかもしれません。

襲い掛かって来た全ての魔獣を打ち倒し、周囲を確認。

出発地点よりも墓石の数が明らかに増え、遠方には石造りの廃墟。

建物の形状からして——元は聖堂だったのでしょう。

微かに聞こえてくるのは、剣戟と魔法。怒声と悲鳴に大きな地響き。

ヴィヴィが獣耳を動かし、顔を顰めました。

「……人が魔獣とやり合ってる。苦戦しているみたい」

「みんな、走るよ」

ハルさんはそう言われると、駆け出されました。

私も即座に追随。半呼吸遅れて、ソニヤ達もついてきます。

「は、速っ！」「くっ！」「〜〜〜っ！」

見る見る内に廃墟が近づいてきます。私は速度を上げ、ハルさんの前へ。

「タチアナ」「私は【楯】です」

咎められる前に宣言し、剣を抜き放ちます。

くすくす、という楽し気な笑い声。

「迷宮都市最高の【楯】役に守ってもらえるなんて、光栄だね」

「大船に乗ったつもりでいてください。帰ったら、お菓子を焼いてくださると嬉しいです。

出来れば、チーズケーキでお願いします☆」

「了解だよ。――来るよ！」

「ヴィヴィ、ソニヤ、マーサ」

「「「はいっ！」」」

ハルさんの注意喚起を受け、敷地内に入った私達は即座に戦闘態勢。

破壊音と共に廃墟の屋根に大穴が開きました。

血に染まり破損した白銀の鎧の騎士達が吹き飛ばされてきて、地面に叩きつけられ、動かなくなります。

次いで正面入り口から、僅か五名の騎士達が後退してきました。

全員が白銀の装備を血で染め、次々と治癒魔法の光を瞬かせています。

――冒険者ギルドで聞いた人数は、四十八名。

帝国内で武名を轟かせた【白銀隊】が、まさか全滅⁉

見事な騎士剣と光の宝形が嵌った大楯を持ち、白銀の鎧兜姿の若い騎士が私達を確認し叫びました。

おそらく――七聖騎士の一人【鉄壁】ヘルムフリート・ヘルトリンク。

「冒険者共、来るなっ！　探索中、死角から奇襲を受けたっ！　召換士がいるっ！　俺が殿を――」

言葉が続く前に廃墟が崩れ落ち、ぬっ、と巨大な漆黒色の骨の腕が突き出されました。

手には、巨大な肉断ち包丁が握り締められ、刃には闇属性の魔力が集束しています。

土煙の中、見上げる程の骸骨兵が立ち上がり、腕を振り上げました。

「私の後ろへ！　貴方達も早くっ‼」

【名も無き見えざる勇士の楯】を全力展開しながら、騎士達を呼びます。

聖騎士は一瞬だけ私を見て、逡巡。

私が誰なのかに気付いたのでしょう。ギルドで聞いた話を思い出します。

『隊長の七聖騎士【鉄壁】ヘルムフリート・ヘルトリンク様に、随分とタチアナさんのことを聞かれました』

聖騎士達は大楯を構え、魔法障壁を重ね掛けしていきます。食い止めるつもりです。

「タチアナ、こっちは任すよ」

「ハルさんっ！」

普段通りの声を残し、育成者さんの姿が掻き消えました。転移魔法！

漆黒の巨大な骸骨兵が肉断ち包丁を全力で振り下ろし、

――ハルさんの魔杖に弾かれ、廃墟を更に破壊しながら、後方へ転倒しました。


着地され、鋭い叱責を飛ばされます。

「そこの聖騎士君っ！　何時から、死に急ぐことが帝国騎士の在り方になったんだい？

こんな所で死んだら無駄死にだよっ！」

「くっ！　そ、そんなことは分かって――なっ⁉」

廃墟内からもう一本、漆黒の骸骨兵の腕が突き出されました。

転倒した骸骨兵とは別の腕。

手には黒い魔力が集まり巨大な鎌へと変化し、身体も形成されていきます。

「……嫌な臭い……」「まさか、二体目⁉」「副長、この魔力は……」

ソニヤ達が声を震わせ慄いていると、二体目の巨大骸骨兵が出現しました。

一体目の骸骨兵も起き上がる中、騎士達が悲鳴をあげます。

「ひぃぃぃぃぃ」「む、無理だっ！　もう、無理だっ！」「隊長っ！　退きましょうっ！　これ以上の抗戦は不可能ですっ！」「帰って報告しなければっ！」

「………嘘だ。これは……嘘だ……」

必死で聖騎士の腕を引き、撤退を促そうとしますが、【鉄壁】は反応を示しません。

余りの出来事に思考が停止してしまっているようです。

そんな中、ハルさんが考え込まれます。

「……ふむ。さっきの一撃と、『影』の身体か……。タチアナ」

「はいっ！」

「一体は君達に譲ろうか？　階層の主には届かないくらいだね。無理なら」

「「「やれますっ！」」」

私達は一斉に唱和。思わず顔を見合わせ――頷き合います。

普段なら難しくても、今はハルさんの支援魔法があります。これで退いたら、ハナにきっと怒られてしまうでしょう。

骨を鳴らし、二体の巨大骸骨兵が嗤っています。

黒髪の育成者さんは淡々と命じました。

「そこの騎士君達、転移呪符は持っているだろう？」

「あ、ああ」「階層の入り口に設置してある」

「なら、聖騎士君を連れてお逃げ」

騎士達は顔を見合わせ、【鉄壁】を抱え込み、呪符を発動させました。

「！ ま、待て、お前達っ！ 私はまだ――」

叫びを残し、聖騎士と騎士達の姿が消えるのと同時に、漆黒の骸骨兵達が肉断ち包丁をハルさんへ叩きつけ大鎌を薙いできました。私は疾走。

――肉断ち包丁を剣で受け止め、大鎌を【楯】で受け止めます。

階層の主よりも一撃は軽いっ！ すぐさま叫びます。

「ヴィヴィ！ マーサ！ ソニヤ！」

「「「はいっ！」」」

三人は戦意を漲らせ呼応。全力攻撃すべくそれぞれの武器を構えます。

骸骨兵達もそれぞれの武器に膨大な魔力を込めていき――黒い閃光。

両手鎌を持っていた骸骨兵の左腕が肩から断ち切られました。

地面に落下し束の間動き、消失していきます。

魔杖を突き出したハルさんが、私へ片目を瞑ってきました。

「両手鎌の方は僕が担当しよう。タチアナにはオマケだ。君なら十分、使いこなせる」

「ハルさん？」

いったい何――振り下ろされる肉断ち包丁、その刹那先の残像がはっきりと見えました。

私は斬撃を【楯】で完全に防ぎきります。

これは……レベッカさんが私に自慢していたハルさんのとっておき、《時詠》!?

「よっと」

両手鎌を喪った骸骨兵は頭をハルさんの右拳で殴られ、廃墟後方へ後退。

更に追撃が続き、離れていきます。

残った骸骨兵は、怒りを感じているかのように肉断ち包丁で何度も攻撃してきますが、私は悉く防御。

先読みで余裕が持てる為、【楯】を攻撃へと転換。

一枚だけを残し、十二枚を剣へ集束。愛剣が眩い光を放ち始めました。

私は振り向かないまま、叫びました。

「三人共、準備はいいですね！」

「何時でもっ！」「撃ち抜きますっ！」「魔法、準備完了ですっ！」

剣を両手持ちにし全力で振り下ろされた骸骨兵の一撃を受け止めます。

「くっ！」

衝撃で周囲一帯に地割れが発生。足が沈み込みます。

「負けませんっ！！！！」

剣が光を放ち、肉断ち包丁を両断っ！　漆黒の刃が宙を舞い、地面に突き刺さり消失。

返した剣で右腕も叩き斬ります。

「今ですっ！！！！！」

「「はいっ！！！！！」」

槍に全魔力を集束させたヴィヴィが前傾姿勢で突撃。

穂先には、氷が渦を巻いています。【烈槍】！

「やぁぁぁぁぁ！！！！！！！！」

ヴィヴィは一本の槍となり、骸骨兵の左肋骨を粉砕し貫通。

氷嵐が吹き荒れ、肋骨だけでなく左上半身を凍結させていきます。

「私だってっ！！！！」

ソニヤが弓を引き絞り、全力の【一射】。

閃光が走り左腕を射抜き、大穴を穿ち、破砕しました。

「【紅蓮四連】」

マーサが小さく魔法名を零し、長杖から魔法を解き放ちました。

瞬間、骸骨兵の四方に猛火が生まれ、火柱が上がりました。

炎属性上級魔法を四発同時発動！

――炎の中から骸骨兵が倒れかかってきますが、私は花片を模した【楯】を乱舞。

切り刻まれた骨片は炎の中で消えていきました。

「ふぅ……」

息を吐くと――《時詠》が切れます。ソニヤが切迫した声を発しました。

「副長！　あの人を助けに」「大丈夫ですよ」

次の瞬間、空を切り裂く【黒雷】が廃墟の奥に降り注ぎ、雷鳴が轟きました。

「「「！」」」

ソニヤ達が顔を見合わせます。

私は剣を納め、左手の人差し指を立てました。

「いいですか？　ハルさんはハナのお師匠様なんですよ？　そして――私達の団長は、大陸第七位の魔法士です。もう少しで、【天魔士】に手が届く程の」

三人を連れ、散々に破壊された廃墟の敷地奥へ進みます。

所々に剣や鎧兜の破片が転がっていますが、瓦礫（がれき）に埋もれてしまっているのか、騎士達の死体は見かけません。

……多数の墓標も相まって大変に不気味です。出来れば、早めに階層を出たいですね。

心持ち急いで、どんどん飛び越えていくと、最奥（さいおう）の瓦礫の上で育成者さんは険しい顔をされて考え込まれていました。巨大骸骨兵の姿は何処（どこ）にもありません。

「ハルさん！」

「——ああ、タチアナ。みんなもお疲れ様。随分と暴れたみたいだね」

「はい！　教わった通りに頑張りましたっ！　どうかされたんですか？」

誇らしく思いながら近寄ります。ソニヤ達も嬉（うれ）しさが隠せていません。

ハルさんが石突を突かれました。

瓦礫の中から、壊れた古い祠（ほこら）が浮かび上がってきます。

——微（かす）かに禍々（まがまが）しい魔力。口元を覆います。

「まさか、トキムネが持っていた欠片（かけら）の片割れが……？」

「中身は空。さっきの骸骨兵との関連は不明だけれど——マーサ、転移呪符を！」

「え？　あ、は、はいっ！」

ハルさんの突然の指示に、マーサは戸惑いながらも呪符を取り出し発動させました。

――浮遊感と共に、階層入り口へ転移。

「「「！？！！」」」「……遅かったか」

目の前に広がった凄惨な光景に私達は息を呑みました。

扉の前では、先程、撤退した聖騎士と騎士達が倒れていました。

後方から奇襲を喰らったらしく、全員、地面に伏した状態で絶命しています。

幾ら負傷し、戦意を喪失しても歴戦の騎士達なのに。

不可解なのは、その身体から一切の魔力を感じず……何より老いています。

ハルさんが顔を顰めました。

「魔力を回収している……さっきの騎士達も全員そうだったな。狙いは祠の中身。かつ、冒険者達と騎士団の魔力を――」

直感が激しい警告を発しています。

不幸なことが起こりそうな時、私の直感は外れた例しがありません。

私は育成者さんへ提案します。

「ハルさん、地上へ戻りましょう！　転移呪符を駆使すれば、この層から第百二十層までなら予定通りの日程で戻れます」

「……そうだね」

魔杖をゆっくりと振られると、聖騎士達の遺体が時空に呑み込まれました。

私達へ視線を向けられ、告げられます。

「【大迷宮】探索はここまでにしよう。タチアナ、地上へ戻ったら、有力クランの団長達の緊急招集を依頼しておくれ」


？？？


「……ちっ。やってくれるじゃないか」

折角生み出した、二体の巨大骸骨兵を倒した冒険者達が転移した後、ボクは近くの墓所に腰かけながら舌打ちした。足は届かない。

父上が遺してくれた、認識阻害の宝玉が割れる。

【大迷宮】に潜り始めて、今日で約半月。ずっと、ボクの姿を隠し続けてくれた。

「父上は偉大な御方だな！」

独白し、懐から『小瓶』を取り出す。

——中には満杯に溜まった深紅の液体。魔力が凝縮したものだ。

「うふふ……溜まった、溜まった♪　冒険者達と帝国の騎士達は良い贄になってくれた。《魔神の欠片》も手に入ったし、上々だ。さっきの連中。僕に感謝すべきだな！　魔力が溜まっているから殺さないでおいたのだから。さて、と——」

ネックレスに付けた漆黒の宝石を手に取る。兄姉達には内緒にしてある。

父上の日記通り、【大迷宮】百二十五層聖堂内に隠されていた二つに割ったものの片割れだ。

ボクの影の中で、無数の存在が蠢いている。

「それじゃ、残り半分を回収しに行かないと！　迷宮都市の上位冒険者達——全員倒せば、誰かは持っているだろう」

第4章

「よしっ！　準備完了！」

帝都【盟約の桜花】の一室に置かれた姿見の前で一回転。

さっきまで着ていたドレスをベッドの上に脱ぎ捨て、白の軽鎧を着て腰には雷龍の剣。

後ろ髪は勿論、ハルから贈られた紫のリボンで結っている。

丸テーブル上にはジゼルのメモ紙。

『明日はいよいよ龍の肺の競売となります。全部終わった後、式典が開催されるので、ぜったいに、レベッカさんがいないと駄目ですっ！　……逃げないでくださいね？』

ごめんね。でも——先程、メルが持って来たハルからの手紙を再度確認する。

『《魔神の欠片》絡みで厄介な事態になりそうなんだ。手が空いている子が迷宮都市へ来てくれると嬉しい』

ふふふ……まぁね？

姉弟子である似非メイドはサクラと共に赤龍を追い、未だ帰還していないし？
私ってば、【育成者】様の愛弟子だし？
こんな風にお願いされたら、行くしかないでしょう？
だから、これは仕方ないのよ、うん。
脳裏でジゼルを説き伏せ、窓を開ける。夜風に伸ばした髪がそよぎ、心地よい。
とっとと脱出してシキ家の先代であるローマンに事情を説明しなきゃっ！
前回同様、軍用飛空艇の伝手を使わせてもらわないとだしね♪
月灯りの下に先日、私達の魔法で消失させた陽光教の大鐘塔が見えた。
修理費用、シキ家が全部払ってくれるらしいんだけど……良かったのかしら？
廊下を駆ける音。
「レベッカさ～ん。少し、魔法を教えて――え？」
「ちっ」
ノックもせず入って来たのはタバサだった。手には分厚い本を持っている。
メル、また対感知魔法をかけたわねっ！
私は舌打ちをし、高速移動。
妹弟子の口を手で抑え扉を閉め、お小言。

「こらっ！　こういう時はノックをしなきゃ駄目でしょう？」

「――ぷはっ。レベッカさん！　その恰好……もしかして、ハルさんのとこへ行くつもりなんですかっ⁉　私も行きたいですっ！」

「駄目よ。貴女は狙われてるんだから。黒外套達が相手なのかもしれないのよ？」

「……連れて行ってくれないのなら、叫びます。思いっきりっ！　ふっふっふっ……いいんですかぁ？　今、この建物内には、メルさん、トマさんだけじゃなく他の教え子さん達もいるんですよぉ？」

「なっ⁉」

妹弟子が悪い顔になり、私を脅してくる。

――【盟約の桜花】の幹部は、殆どがハルの教え子で構成されている。

普段は、帝都とレナント王国の王都に分かれて行動しているのだけれど……緊急呼集がかかったらしく、団長以外の幹部達が帝都の屋敷へ集結しているのだ。

……あの姉弟子と兄弟子達の相手は、私じゃ分が悪いわね。

思考を巡らし――嘆息。

「……はぁ。分かったわ。タバサ、妹弟子は素直な方が可愛いわよ？」

「エルミアさんからのお手紙に『レベッカの扱い方、十の法則』が書かれていました！」

「あ、あの似非メイドっ！　な、なんてものを渡してるのよっ⁉」

ノックの音と複数人の声がした。

「失礼致します。タバサお嬢様は、此方でしょうか？」

「レベッカ、少し相談したいことが――ニーナ！　入り口を確保してくださいっ！」

「了解です」

私の返事を待たず、扉を開けてきたのは本物のメイドであるニーナと、書類を持っている姉弟子のメルだった。

すぐさま、姉弟子が私の後ろへ回り窓を確保。入り口をメイドが固める。くっ！

メルが、両手を合わせ詰問してくる。

「……レベッカぁ？　こんな時間に何処へ行こうとしているんですかぁ？」

「さ、散歩よ」

「ふ～ん……剣を腰に提げ、軽鎧を身に着けて、ですかぁ？」

「そ、そういう気分だったのよ」

「ふぅ～ん」

全く信じられていない。

ニーナはニーナで、わざと扉を開けたままにしている。……まずいわね。

タバサが両手を叩いた。

「メルさん、レベッカさんは迷宮都市へ行かれようとされているんです♪」

「タバサ⁉」

妹弟子の突然の裏切りに動揺する。ニーナが目を細めた。「……タバサお嬢様、まさか」

メルが渋い顔になった。

「……その件ですか。ジゼルさんが」

「明日、競売会場にいなかったら——な・き・ま・すっ！！！！」

「「「！」」」

髪を振り乱しながら、荒く息を吐きつつジゼルが部屋へ駆けこんで来た。

私の逃亡を警戒し、ここ数日は自宅にも帰らず泊まり込んでいるのだ。

くしゃくしゃの紙を持ったままにじり寄ってくる。

「……レベッカさぁあん、逃がしませんよぉぉ……」

「ジゼル、待って。話し合いましょう。ハ、ハルが人手を求めているみたいなのよ」

「そうです、話し合いましょう♪」

「……タバサさん」

元気よく口を挟んだシキ家御令嬢は、ジゼルの胡乱気な視線にも動じず、ニコニコ。

「私達は『ハルさんの教え子』という立場です。そして、お師匠様は人手を求めている。エルミアさんのお手紙にも書いてありました。『ハルのお願いは絶対』って。あと――メルさんには、大変な依頼が来ているんですよね？」

「……その通りです。レベッカ、まずは読んでください」

「これは？」

姉弟子から封筒を受け取る。凄い高級紙ね。訝し気に裏面を見て――目を見開く。

片刃の剣と魔杖の交差。ロートリゲン帝国皇族印。

――サイン名『カサンドラ・ロートリンゲン』。

先々代皇帝夫人にして、【女傑】として国内外に畏怖された人物だ。

「いったいどういうこと？」

「詳細は。……ただ、ハル様とロートリゲン帝室とは深い縁があると聞いています。また、【女傑】はハル様から直接、リボンを貰っているそうです」

「「「！」」」

私は驚き、言葉を喪う。

……ハル、何をしたのよ？

考え込んでいると、いち早く立ち直ったタバサがジゼルへ尋ねる。

「ジゼルさん、その紙は何ですか？」

「あ、こ、これはですね……な、何でもないんです。ハイ。け、決して、迷宮都市からお報せなんかじゃ――はっ！」

私はほくそ笑み。賞賛する。

「素直な子は好きよ★」「――ん。素直が一番。ひょいっと」

『！』

窓の外から声がし、突風。月夜に飛び去って行くのは――飛竜!?

次いで、長い白髪の少女が侵入してきた。

人間離れした美貌と幼さを感じさせる肢体。御手製のメイド服を身に纏い、後ろ髪の幾つかには黒リボンをつけ、腰に黒鞘の短剣を提げている。

呆気に取られていた私は、叫ぶ。

「エ、エルミア!?」

「……レベッカ、五月蠅い。子猫二号、紅茶。メル、ジゼル、子猫一号、元気そう」

「な、なぁ!?　あ、あんたねぇ……」

「畏まりました」「エルミア姉様♪」「エルミア先輩♪」「は～い、子猫一号で～す」

私が文句を言う前に、他の子達はすぐさま嬉しそうに反応。

何だかんだ、エルミアは慕われているのだ。……ま、まぁ、私もだけど。

「ジゼル、レベッカ」

「あ、はーい」「ん～」

視線で促され、私達はエルミアへ書類を手渡した。

白髪の姉弟子は紙へ視線を走らせながら、タバサに話しかける。

「子猫一号。カガリの跡を継いで、《女神の涙》を磨くって聞いた。本気？」

「！　は、はいっ！」

タバサが頬を上気させ、両手を握り締め何度も頷いた。

実際、この妹弟子は信じられない集中力で、私が魔力を通した魔石を磨き続けている。

エルミアが顔を上げた。慈愛の微笑。

「――とてもとても大変な路。けれど、ハルが許可をしたのなら、貴女にはその資格があるし、必ず出来る。頑張って」

「はいっ！　エルミアさん、迷宮都市からのお報せにはなんて書いてあるんですか？」

タバサは元気よく返事をした後、おずおずとエルミアへ質問した。巧いわね。

次いで、ニーナが紅茶のカップとショートケーキが載っている小皿を差し出した。

「茶葉は南方の同盟産。ケーキの材料は帝国産です。どうぞ」

「ん。子猫二号は気が利く。それに比べて……はぁ。家猫レベッカは、姉弟子に対する尊敬の気持ちが足りない。再教育が必要」

「ひ、必要じゃないわよっ！」

手をブンブンさせて抗議するも、無視。ジゼルとメルがくすくす、と笑っている。

エルミアはショートケーキを手で持って一口齧り、紙を振った。

「ん——美味しい。迷宮都市のは緊急要請。『大迷宮に異変あり。特階位の派遣を求む』。『大氾濫』の予兆でもあるのかもしれない。一大事。カサンドラの手紙も剣呑。現皇帝がハルとの約束を——『魔神、女神、龍神に関わることの禁止』を破っている可能性がある。最悪の場合に備えて、【盟約の桜花】の力を借りたいらしい。……赤龍追撃を打ち切って正解だった。メル、サクラももうすぐこっちへ来る。慎重に判断して」

『！』

私達は息を呑む。余りにも事が大き過ぎる。

ショートケーキを食べ終え、紅茶を一気に飲み干したエルミアが立ち上がった。

「それじゃ、私は迷宮都市へ行く。メル、ジゼル、ごたごたが片付いたら、辺境都市へ遊びに来てもいい。勿論、子猫一号、二号も」

「はい！　エルミア姉様」「頑張りますっ！」「「はいっ！」」

「……そこで、私を無視するんじゃないわよっ！」

バチっ、と紫電を飛ばすも、分厚い魔法障壁で消されてしまう。ぐぅっ！

エルミアはそのまま窓際にまで至り――振り返り、私をじーっと見た。

「……ハルの隣には私がいれば問題ない。でも、私は『特階位』じゃない」

「！」

「エルミア姉様！　私も特階位」「エ、エルミア先輩⁉」

メルとジゼルが言い終える前に、私は全力で身体強化魔法を使い急速反応。

白髪の姉弟子と共に窓の外へ跳躍。

急降下してきた飛竜の背に着地。

窓の外に身体を乗り出したメル、ジゼル、タバサとニーナが叫んでいる。

「あ、ずるいですっ！」「レベッカさんっ！」「ハルさんによろしく♪」「これを！」

ニーナが布袋を投げてきた。

受けとると――中身はクッキーと水筒だった。大きく手を振る。

何処かの誰かさんと違って出来るメイドね！

目の前で姉弟子が振り向き、ジト目を向けてきた。

「……今、良からぬ想いが伝わった。降りる？」

「き、気のせいよ、気のせい。エルミア、行きましょうっ！」

「——ん」

エルミアが手綱を引き、一気に軍用飛竜は高度を上げていく。

私は華奢な姉弟子の背中にしがみ付きながら、黒髪眼鏡の青年を思い浮かべた。

——ハル、待ってて。すぐそっちへ行くわっ！

＊

「皆、忙しい中、よく集まってくれた。迷宮都市ラビリヤの冒険者ギルド長を務めているミュールだ。集まってもらったのは他でもない。【白銀隊】の件だ。タチアナ殿」

「はい」

長身の老エルフから促され、私は立ち上がりました。耳のイヤリングが揺れます。

夕陽が差し込むギルド会館内の会議室に集まっているのは、迷宮都市でも名の知られているクランの団長及び副長達ばかり十数名程。カールやブルーノ、憔悴しているミチカツもいます。

背筋を伸ばし、冷静に事実を伝達します。

「私達は二日前、大迷宮探索中に全滅寸前の【白銀隊】を発見しました。位置は第百二十五層の聖堂廃墟。相手は巨大な黒き骸骨兵が二体。手応えからして、階層の主級でした」

『！』

室内がざわつきます。当然でしょう。

恐るべき魔獣である、階層の主が出現するのは二十層毎。

【大迷宮】が発見されて以降、それは変わっていません。

短い茶髪の若い男性剣士が疑問を述べてきます。

「本当なのか？　【白銀隊】と言えば、帝国内でも音に聞こえた精鋭部隊。皇帝陛下直轄部隊だろう？　そんな部隊がむざむざ全滅した、と？」

他の人達もそう思っていたのでしょう。ギルド長に視線が集まります。

老エルフが重々しく頷かれました。

「帰還された【不倒】殿からの報告を受け、ただちにギルドの調査員、と【紅炎騎士団】

を現地へ派遣した。部隊全滅は間違いない。……これは異常事態である。巨大な黒き骸骨兵、というのも、記録上新たな魔獣だ」

『!?』

先程よりも更に大きなざわつき。

今まで、出現した六体の階層の主は記録に残っています。

『六腕一つ目巨人』『四角暴走雄羊』『水晶大蜥蜴』『双頭大狼』『多頭蛇』『冥界番犬』。

強大極まる魔獣ばかり。単独クランでの討伐は不可能、とされています。

そのような存在が、出現しない筈の階層を闊歩していた……。

カールが立ち上がりました。

「一時的に迷宮探索を休止し原因を探るべきだ。先の【雪将旅団】や、昨日には【光輝の風】が解散。クラン間の争いは今後、間違いなく激化する。だが、それも【大迷宮】の安定あっての話だ。……階層の主が、低階層で出現してみろ。新米達は全滅するぞ？」

私は間髪を容れず発言します。

「【薔薇の庭園】はカール殿の提案を支持します。本日は所用により欠席していますが、団長のハナと、副長である私、タチアナ・ウェインライトも同意見です」

「……俺も同意はする。てっきり【光輝の風】解散の話し合いだとばっかり思ってたんだがなぁ。それと【不倒】」

　ブルーノが低い声を発しました。顎鬚をしごきながら、話を続けます。

「巨大な黒き骸骨兵は、今、どうなってんだ？」

「私を含め、五名で討伐しました」

『はぁ！？！！！』「…………」「……あの黒髪眼鏡か」

　クランの団長達が一斉に立ち上がり、絶句。カールとブルーノは顔を顰めました。

　皆、階層の主と戦った経験を持っている為、私の言葉の意味を理解しているのです。

　禿げ頭に白髭混じりの赤髭ドワーフの老格闘士が頭をさすりながら発言しました。

「……タチアナの嬢ちゃん。お前さんの技量は知っている。だが、五名で討伐しただと？　そいつは信じられねぇなぁ。【灰燼の魔女】が珍しく探索に出ていやがったのか？」

「事実です。あと、ハナは加わっていません。——黒骸骨兵は倒した後、灰になり消失。魔石も落としませんでした。ギルド長」

　老エルフが腕組みをし、苦悶の表情を浮かべ重い口を開きました。

「……貴殿の指摘を受け、詳しく調べさせた。約半月前から報告があがってきていたようだ。そして、確実に下へ下へと進み、冒険者の未帰還数も漸増している。つまり——」

「私達が遭遇した階層の主は、人為的に生み出された存在だと推定されます。その為、本来のそれよりも力は劣っていたのでしょう」

猛者(もさ)達が戸惑い、表情を一変させました。

「人為的？」「魔獣を創り出した？」「そんなことが……」「もし、事実なら」「とんでもないことになるぞ」「ラビリヤ内で済む話じゃない」

「皇帝陛下直轄部隊が【大迷宮】に潜っていた理由は？」

カールの問いかけに、老ギルド長はゆっくりと頭を振ります。

「……詳細は分からぬ。隊長の聖騎士殿からは『古い祠(ほこら)を探す』とだけ聞いた。現在、帝都の本部に問い合わせをし、増援も要請している。返事は本日中には届くだろう」

「なら」

返事が届き次第、即行動を――と、私が述べる前に窓の外から突然、けたたましい鐘の音が鳴り響きました。音はどんどん大きくなっていきます。

――大時計塔の鐘。

皆が立ち上がり、窓へ駆け寄り状況を確認。

周囲の建物から人々が駆け出し、【大迷宮】を指差し叫んでいます。

直後、黒の濁流――いえ、無数の黒き魔物の群れが入り口から溢(あふ)れ出し、泡を食った冒険者や守備兵へと襲い掛かりました。

い、いったい、何が。

「――あんた達、何を呆けているの？」

転移魔法により空間が歪み、机の上に私の団長が音もなく降り立ちました。

『！』「ハナ！」

頭にはつばの広い魔女帽子。服に精緻な刺繍が施された淡い翡翠色のケープ。

手には七つの魔石が埋め込まれている、ハルさんから贈られた魔杖を持っています。

【灰燼】の本気装備！

ハナは魔杖の石突を突き、不敵な笑みを浮かべました。

「この鐘は『大氾濫』を報せるものよ。【大迷宮】周囲の門を今すぐ全て封鎖し、住民を避難させなさい。迷宮から魔獣の群れが溢れ出て来る。さぁ、武勲の稼ぎ時よ。あんた達が死ぬ気で頑張らないと、迷宮都市の歴史は今日で終わるわ」

ソニヤ

【薔薇の庭園】の屋敷には、広大な訓練場がある。

けれど、以前は射手がいなかったせいか、弓専用の的射場はなかったらしい。

今、私がいる場所は入団時、団長が用意してくれたものだ。

一人の、しかもまだ何の実績もない新人射手の為、あっさりと設備を増設する事に絶句していると、団長はこう言った。

『死ぬ一歩手前まで訓練をしておけば、実戦で死なずにすむわ。だから、うちの訓練は厳しいし、訓練場も広く取ってあるの。即死じゃない限りは私が治してあげる。安心して死ぬ気で努力なさい。これからよろしくね、ソニヤ』

正論だ。うちの団員のみならず、冒険者なら誰も反論出来ないだろう。

……訓練で生死の境を彷徨った時は、少しだけ入団したことを後悔したけど。

よし――やろうかな。

ゆっくりと愛弓を携え、正面にある的と相対する。

今までなら、すぐさま速射を開始しただろう。

そして、腕が上がらなくなるまで延々と撃ち続け、魔力が枯渇した筈。

けれど……この数日、何度も何度も繰り返している言葉を思い出す。

『ソニヤ、まずは【一射】を極めよう。君の【千射】はその先にある』

……別に、あの男の言葉を受け入れたわけじゃない。

でも、実際に見た実力を——ほぼ単独で階層の主級を倒した戦果を認められない程、私は愚かでもないのだ。

ゆっくりと丁寧に、魔力を練り上げ風の矢を構築。愛弓を構え、

「ふっ」

——射る。

風切り音を発しながら矢はど真ん中に突き刺さり、頑丈な的を貫通。

今までと比べて、明らかに威力と精度が向上。強い手応えを感じる。

拍手の音が響いた。

「お見事」

振り返ると、そこにいたのは穏やかに笑う黒髪眼鏡の魔法士——ハル。

「……何の用ですか？　未熟な射手を笑いにきたんですか？」

「邪険にしないでおくれ。君には才がある。近い将来、大陸にその名を轟(とどろ)かせるだろう」

「……信じられません。何の根拠があってそんな戯言(たわごと)を」

「これでも、僕は育成者だからね。人を見る目にはちょっと自信があるんだ」

皮肉も軽く受け流されてしまう。

数日前の『模擬戦』で、この男は、私達を字義通り圧倒してみせた。その気になれば、

一瞬で勝負はついていただろう。模擬戦は私達への指導に過ぎなかった。

そうでなければ、あそこまで丁寧に戦う筈がない。それこそ【千射】で全滅だ。

――【大迷宮】での行動も全てそうだ。

基本的には私、マーサ、ヴィヴィに全てを任せ、自分と副長は補佐のみ。

奇妙な階層の主戦の時でさえ、一体を私達に任せた。

【育成者】、というのもあながち間違いではない。

だからこそ――……気に入らない。心底、気に入らないっ。

ここまでの実力を持っていながら、どうして世界へそれを示さないの？

私が欲(ほっ)してやまない力を持っていながら育成だなんてっ……！

苛々(いらいら)しながら、そっぽを向き尋ねる。

「……団長と副長はどうされたんですか？　マーサとヴィヴィは買い物らしいですけど」

「ハナは、書物を確認する為に冒険者ギルドの資料室へ行ったよ。タチアナも同じく会議で冒険者ギルドへ。『白銀隊』壊滅の件の報告をするそうだ。ヴィヴィとマーサが残念がっていたよ？　『ソニヤも少し休めばいいのに』ってね」

「……貴方(あなた)も一緒に出かければ良かったのでは？　喜んで案内してくれたでしょうに」

二人は、今やすっかりこの男と打ち解けている。

ハルが近くの椅子に腰かけた。穏やかな表情。まるで、一族の古老かのようだ。

「うん、そうだね――でも、今は君を見ていたいな。さ、続けておくれ」

「……勝手にしてください。改めて言っておきますが、私は何時か必ず、【千射】を超え、世界最高の射手になってみせます。たとえ、何年、何十年、何百年掛かってもです」

決意を告げ、背を向けた――その瞬間だった。


信じられない程、大きな鐘の音が迷宮都市全体に鳴り響いた。


い、いったいこれは？

ハルが立ち上がった。目を細めている。

「……再び聞く機会があるとはね」

「な、何ですか、これは？」

「ソニヤ、君は迷宮都市が幾度か滅びかけている事を知っているかな？」

「はぁ？　そんなこと、今――……まさか」

「そう、そのまさかさ」

鐘は依然として鳴り響いている。

設置されているのは【大迷宮】の入り口、その最上部大時計塔。

普段は決して鳴らされる事はない。だけど鳴らない鐘こそが——平穏の証。

何故なら、鐘が鳴らされるのは……


「どうやら、約百年ぶりに【大迷宮】から、魔獣の群れが溢れ出しつつある。まずはマーサ、ヴィヴィと合流しよう。君の弓術を見せる時だよ。大丈夫、僕も支援するからね」

*

「せいっ！」

私は相対していた十数頭の黒い骸骨犬を剣で薙ぎ払い、突出した結果孤立し、囲まれている老剣士——ミチカツさんを花片の【楯】で援護。骸骨犬を切り刻みます。

今までのそれよりも、遥かに機動性が向上。使い勝手がいいですね！

——私達は現在、大広場へ降り立ち迎撃戦を展開中。既に軽く千頭は倒しています。

既に、後方の大正門は閉ざされ、迷宮都市内への魔獣流出は阻止。

それでも、態勢を整えるまでに、かなりの数が出てしまいましたが……そこは、指揮を執っているギルド長や職員、他の冒険者達と守備兵に託す他はありません。

後方へ跳躍しながら、団長へ声をかけます。

「ハナ、少しは仕事をしてくださいっ！」

「分かってるわよ、タチアナ」

【薔薇の庭園】団長、【灰燼】のハナが魔杖『七月七星』を高く掲げました。

――信じ難い魔力の鼓動。大気、地面が震えています。

大広場で黒い魔物の群れと戦っている歴戦の冒険者達が、ぎょっ、とし悲鳴に近い叫びをあげました。

「魔女の魔法が来るっ！」「射線上に入るなっ！　死ぬぞっ！」「全力退避っ！」

ハナが不満そうに零します。

「……私、『魔女』じゃないんだけど。いくわ」

私の団長さんは魔杖を振り降ろし――巨大な炎属性中級魔法『火葬』を発動。

【大迷宮】入り口前で蠢く、無数の骸骨兵の中央で炸裂！

猛火が巻き起こり、大広場全体を呑みこんでいきます。

会議に参加していたそれぞれの副官を従えている、カールとブルーノが顔を引き攣らせせています。今の一発で数千を倒せたでしょう。

味方は――未だ全員健在。

会議に参加していたのは迷宮都市でも指折りの冒険者達で、最低でも第三階位。

この程度の魔獣に後れは取りません！

今の内に陣形を整えて――突然、ハナが口を開きました。

「さっきから鬱陶しい。出てきなさい。こっちは大事な調べ物の途中なのよっ‼」


――前方の空間が歪み、炎が吹き散らされました。若い少女の笑い声。


「やるじゃないか。よくボクの隠形を見破ったね？」

【大迷宮】入り口前の階段に立っていたのは、フード付き黒外套を纏った小柄な少女でした。手には奇妙な小瓶を持ち、中には赤い液体が入っています。

魔杖を突きつけ、ハナが吐き捨てます。

「バレバレよ。……あんたが、この騒動の犯人？」

「そうだよ。迷宮都市の冒険者も中々やるね。雑魚ばかりとはいえ、数千の『影』をこの短時間で殲滅するなんて。でも……お楽しみはここからだ」

少女の周囲に漆黒の魔法陣が現れ、次々と黒きガーゴイル達が潜り抜けてきます。

黒外套が禍々しい光を放つ小瓶を揺らし、胸元から鎖を取り出しました。

――そこに付けられた漆黒の光を放つ宝石。

《魔神の欠片》、その断片。

「お陰様で魔力は潤沢なんだ。目的の物も手に入ったしね。あんたらが上位冒険者ってやつなんだろう？　これなら、もう一つを持っている奴もこの中にいて――」

「どうでもいいわ。取りあえず死んで」

「！」

ハナの『火葬』が瞬間発動。

黒外套の少女に直撃し凄まじい爆炎が発生。魔獣の群れを丸ごと殲滅します。

私は呆れ、咎めます。

「……ハナ。少しは話を聞き出さないと」

「嫌よ。あの手の馬鹿に付き合っていられないわ」

「はぁ……まったくもう」

「――そうだよ。人の話は聞くべきだ！」

炎が影に呑まれ消失。少女が喚いてきます。この技……【人形使い】も使った。

「まったくっ！　親からどういう教育を受けてきてるんだっ！　これだから、ドワーフなんて、下賤な生き物はっ！」

「…………へぇ」

ハナが目を細めました。ま、まずいです。周囲の冒険者達も後退り。

私の団長さんは、ハルさんの悪口を絶対に許さないんです。

空気が軋み、激しい魔力光が大広場全体に飛び散り、ハナが冷たく問います。

「……あんた、何者なの？」

「ボクかい？　ははは、ボクの名前を聞きたかったら……この子達を倒すことだねっ！」

『！』

後方の猛火の中に精緻な魔法陣が次々浮かび——現れたのは見知った魔獣達。

数は五頭。

それぞれがそびえ立つ巨体と強大極まる魔力。やはり、全身を漆黒に染めています。

『六腕一つ目巨人』。六腕には巨大な棍棒を持ち、口には鋭い牙。

『四角暴走雄羊』。前脚を蹴り上げながら、四本の角に、巨大な魔力を集めつつあります。

『水晶大蜥蜴』。身体中に水晶を張りつかせ、恐ろしく硬く、また攻撃力も高いです。

『多頭蛇』。猛毒をくらえば、上位冒険者であっても危ういでしょう。

『双頭大狼』。第百層の主であり、巨体に似合わぬ高速戦闘を得意とします。

百層までの各階層の主達が蘇った⁉

黒外套の少女が勝ち誇ります。

「ふっふっふっふっ……幾らあんた達が強くても、この子達には敵わない！　さぁ、死んで、ボクの糧になっちゃえっ！！！！」

少女の声を受け、階層の主達が地面を震わせながら前進してきます。

私は、静かに名前を呼びます。

「――ハナ」

「そうね。少し本気でやるわ」

団長もまた静かに応答し、カール、ブルーノを初めとする冒険者達へ言い放ちます。

「私が巨人、蛇、狼を殺る。そこのヘタレと斧馬鹿。タチアナを援護して蜥蜴を何とかしなさい。他の有象無象達は羊よ。まさか、出来ない、なんて言わないわよね？　ほら、あんた達が何時も権利を主張する階層の主は目の前よ」

『なっ！！！！』

「……ハナ、言い方」

私は頭痛を覚え、額に手を置きます。

カールが顔を顰め短く応答し、ブルーノが怒ります。

「……っ。了解した」「なっ⁉　おい、斧馬鹿ってのは誰のことだよっ！」

「あんたに決まってるでしょ？　ヘタレ、戦場で無駄に悩んでいると……死ぬわよ？」

「……分かっている」

騎士様は一瞬、私を見た後、新しい双剣に炎の魔法剣を展開させていきます。

……どうかしたんでしょうか。

ハナが、無造作に魔杖の石突で地面を突きました。

『六腕一つ目巨人』『多頭蛇』『双頭大狼』に無数の『鎖』が殺到。

〝〝〝！！！！〟〟〟

鋼属性上級魔法『冥鎖』に拘束された階層の主達は、無理矢理引き千切ろうとし、不快な金属音を発生させます。

それを合図に『四角暴走雄羊』が突進。

「行くぞっ！」「ええ！」「皆、死ぬなよ。ミチカツ！　ここで死んだら無駄死にだぞっ」

「……その言、有難く」、次々と冒険者達も挑みかかっていきます。

激しい戦場音楽が鳴り響く中、ハナは目を細め、剣呑な言葉を呟きました。

「ああ、もう全部面倒……いっそ【灰塵】一発で綺麗さっぱり……」

「ハナ、駄目です！　ハルさんみたいに完璧な限定発動は出来ないんでしょ⁉」

「あれはお師匠がオカシイのっ！　超級魔法を限定発動で使う、っていう発想そのものが変なんだからっ！」

「なるほど……それじゃ後で、ハナがハルさんをオカシイ！　って言ってました、ってお報せしておきますね♪」

黒髪眼鏡の育成者さんの御顔を思い出し、私は顔を綻ばせます。

すると、ブルーノが瞑目し、カールの肩を叩きました。よく分かりません。

ハナがギロリ、と睨んできました。

「……ターチーアーナー……」

「ふふ、冗談ですよ。きっとすぐ来られます！」

「そうね――ところで、焼く前に聞いておきたいんだけど」

「ボクかい？　あんた達、少しは緊張感を持ってほしいな！」

黒外套の少女が嘲笑。『水晶大蜥蜴』が近づいてきます。

「あんた――何が目的でこんなことを仕出かしたの？　正気？」

「馬鹿だなぁ。教えるわけないじゃないか。教えてほしかったら、さっきも言ったようにこの子達を、っ⁉」

「分かった――なら、焼き尽くした後で考えるからもういいわ」

ハナの周囲に七つの炎魔法が即時展開し、一斉発動。

次々と鎖で縛っている三頭へ炸裂し黒い炎を巻き上げます。

《ミ！！！！彡》

凄まじい悲鳴。

『多頭蛇』と『双頭大狼』が水魔法と氷魔法で消火しようとしますが、消えません。

――炎属性上級魔法にして、ハナの独自魔法【黒葬（こくそう）】。

黒外套の少女が興奮し、はしゃぎます。

「大当たりかな？　そうなのかなっ⁉　これ程の魔法を軽々操る……もう一つは迷宮都市大手クランの誰かが持っていると聞いていたけれど、もう発見出来るなんて、ボクはなんて運がいいんだ♪」

ハナが怪訝（けげん）そうに吐き捨てます。

「はぁ？　いいから、早く死になさいよ」

「嫌だね。君が持っている、その杖（つえ）――貰（もら）うよ」

「……今、何て言ったの……私の、お師匠から貰った、この子を奪う……？　へぇ」

団長の纏う空気が完全に変わりました。

――ハナの異名は【灰燼】。なれど、時に【灰燼の魔女】とも呼ばれます。

その所以は……一度怒らせると、一切の容赦をせず敵を殲滅する様が、御伽噺の【魔女】にそっくりだったことから。もう、止まりません。

私は剣を構え、『水晶大蜥蜴』へ向けて駆けだしました。

「…………」「カール！　呆けるなっ‼」

後方からブルーノの叱責と、駆ける音が聞こえてきます。

一気に速度を上げ【双襲】が私の前へ。え？

「カール、やめろっ！！！！！」

ブルーノの制止を振り切り、騎士は跳躍。

大蜥蜴の背へ双剣を突き立てようとし、

「っ！」

黒水晶に大きく弾かれてしまいました。魔法剣が甘いっ！

すぐさま、恐るべき水晶だらけの尻尾が空中の騎士を襲います。

私は花片の【楯】を、ブルーノは気闘術を最大発動し距離を一気に詰め、叱責します。

「何をやっているんですか、貴方らしくもない！」「らしくねぇぞ。集中しろ！」

尾は私の【楯】と、後方に回り込み叩きこまれたブルーノの戦斧で停止していました。

カールが地面に受け身を取りながら、降り立ち謝罪を告げてきます。

「………すまない。切り替える」

「はいっ！　切り替えてくださいっ‼　とっとと片付けて、他の人達の援護に回らないと
いけません」

「【不倒】よ、そのだな……いや、何も言うまい。ぐっ！」

戦斧を振りほどき、『水晶大蜥蜴』が私とカールへ向き直ります。

眼孔に浮かぶ光には明確な怒り。

前方では『多頭蛇』『双頭大狼』『六腕一つ目巨人』は未だ無数の鎖に拘束され、身動き
が出来ず、炎の中で藻掻き、見ている間にも炎魔法が叩き込まれます。

圧倒的ですね。私は、二人へ通告します。

「あちらはハナに任せます。私達はとにかく目の前の蜥蜴を！」

「……了解した」「おう」

ハナ

私が放った『黒葬』の直撃を受け、『六腕一つ目巨人』『多頭蛇』『双頭大狼』は猛火の中、声なき苦鳴をあげ、鎖を必死になって切ろうとし、魔法に干渉してくる。

「無駄にしぶといわねぇ。とっとと、死ねばいいのに」

『水晶大蜥蜴』と『四角暴走雄羊』を見やる。一瞬、タチアナと視線が交錯。

『ハナ、そっちの三体を手早く！』

分かってるわよ。まったく！　うちの副長は団長使いが荒くて困るわね。

『冥鎖』で三頭を更に締め上げ、魔法の連射を継続。

階層の主級になると、強大な魔力障壁と高い魔法耐性を持つのは当たり前。

加えて尋常じゃない再生能力まで併せ持っている。

――けど関係ない。

要は縛りつつ、距離を取って倒れるまで魔法を撃ち続ければいい。単純作業。

合間合間に蛇と狼が反撃の水と闇属性の上級魔法を放ってくるけど、自分で迎撃する必要もない。全て杖とケープの自動障壁が無効化。相変わらず凄い。

三頭に隠れつつ、此方（こちら）を窺（うかが）っている黒外套（がいとう）を見る。

その表情には先程までとは違い、余裕無し。

……あら？　私からこの子を奪おうとする輩（やから）が、そんな程度？

お楽しみはこれからなのに？

魔杖を回し、止め、詠唱を開始する。

「『黒死の風よ、吹け』」

杖を奪おうとする理由は知らない。知りたくもない。知る必要もない。

だけど――……あんたは私の逆鱗（げきりん）に触れたわ。

「『冥府の風よ、在れ』」

私にとって、お師匠は全てだ。

生きていく術（すべ）も、戦い方も、魔法も、知識も、言葉も、笑い方も、歌い方も、歩き方も

――そして、この名前すらも。

全部、全部、あの人からもらったものだ。

あの日、あの時、お師匠に出会い手を取ってもらわなかったら、私と妹は間違いなく絶

望の中で野垂れ死んでいただろう。

「『煉獄の風よ、舞え』」

だから――許せない。お師匠がくれたこの子を奪おうとする輩を。

『七月七星』が私の想いに呼応。七色の輝きを放つ。……そうよね。許せないわよね？

普段は威力が出過ぎて使わない、完全詠唱をしても良いわよね？

右手を真横に振り制御魔法式を構築。【大迷宮】入り口を中心に照準を定める。

「ハナ！」「おいおいおいっ⁉」「止めろ！　【大迷宮】の中にはまだ人がっ‼」

右翼側で『水晶大蜥蜴』と切り結んでいたタチアナ達が魔法に気付き叫ぶ。

「お、おい、あの魔法」「まずいっ！」「皆、退避っ！」「射線上に入るな。死ぬぞっ！」

左翼側で『四角暴走雄羊』相手に悪戦していた有象無象共も何か喚いている。

……失礼ねぇ。確かに完璧な限定発動は出来ないわよ。

けど、それは超級魔法だけ。これ位の魔法なら大丈夫……多分ね。

「『古の炎よ、来たれ』」

「ボ、ボクを守れっ！！！！」

焦りを深めた様子で黒外套が魔獣達へ命令する。今更遅いし――悪手。

主の為、背を向けた『水晶大蜥蜴』に、タチアナ達の攻撃が殺到。

障壁と硬い身体を切り裂き、血しぶき。巨大な尾をヘタレが双剣で切り裂き、斧馬鹿の全力を込めた一撃で切断。タチアナの剣と【楯】が追撃を完全に遮断する。

いい連携だわ。『四角暴走雄羊』も無数の攻撃魔法に阻まれ戻れていない。

あいつらもそこそこやるわね。倒せないまでも抑え込む位は出来る。

『『汝、龍滅せし炎なり』』

「くそっ！　何をしているんだっ！　頑張れっ！！！」

黒外套が妙な小瓶を翳すと緋の液体が瞬いた。魔獣達の魔力が増大。

……騎士や行方不明になった冒険者達の魔力を集めた、と。

『グルルルル！！！！』

『六腕一つ目巨人』が私の鎖を無理矢理引き千切った。上半身が焼け爛れている。

私へ憎悪の視線を叩きつけ、前進しようとし――屋根上から幾つかの閃光が走った。

巨大な左腕が一本、二本、三本、と吹き飛び、宙を舞う。絶叫。

確認するとダークエルフの少女――ソニヤが弓を構えていた。

【一射】の三連射。そして、この魔力。お師匠が支援魔法をかけたみたいね。

ソニヤの隣には、マーサとヴィヴィの姿もある。

ふふふ……団長の威厳、見せておかないと！

「『汝、悪魔滅せし炎なり』」

愛弟子のマーサが大きく杖を振り下ろした。

五頭の魔獣に流星雨の如く炎属性上級魔法【紅蓮】が襲いかかり、動きを止める。

魔法の形態変化、何時の間に。

「『汝、堕ちし勇者滅せし炎なり』」

それを見て、屋根からヴィヴィが急降下！

ぐんぐん加速し、一本の氷槍と化す。

魔力障壁を貫き、衝撃音と共に『水晶大蜥蜴』の背に突き刺さり、結晶を舞い散らし、背中全体を凍結させた。

ファン坊が創り出した槍術の奥義——【烈槍】だ。

ソニアだけじゃなく、あの二人をも急成長させた、と。

直後——都市全体に漆黒の雷光が走り、遅れて鳴り響いたのは凄まじい雷鳴。

お師匠の【黒雷】！

白壁外で蠢いていた無数の魔力が消失。黒外套が激しく狼狽える。

「な、なんだと……⁉　壁の外に出た影共が……い、一撃だなんてっ⁉」

屋根の上に魔杖を持つお師匠が降り立った。

ソニア、マーサへ話しかけ、蜥蜴の背中から退避したヴィヴィへ手を振っている。

エルミアが言っていたように、若い子を教えたがるのはもう病気ね。

そして、タチアナはその光景を見て少しだけ頰を膨らましている、と。

……自覚したら大変そう。

さ——私も落とし前はつけないと。

最後の詠唱。

「『我は命ず——汝、三風纏う滅びの炎たれ！』」

魔杖の穂先に魔法が完成した。

お師匠の魔力で、私の成長を心から喜んでいるのが分かる。

——嬉しい。

我ながら単純だ。結局、私もタチアナのことは言えないのかもしれない。

魔法を見た黒外套が悲鳴をあげ、後退った。

「馬鹿な馬鹿な馬鹿な‼　幾ら《魔神の欠片》を使ってるとはいえ、この規模の魔法を、ドワーフ如きがこんな簡単に構築出来る筈ないっ‼」

「？　何を言ってるの？　私はそんな物、使ってないわ」

「!?」

「ああ、勘違い？　……どうでもいいけどね。とっとと、消えなさい。皆、巻き込まれたくなかったら、下がるように」

「ふざける――」

「【滅葬】」

炎属性特級魔法を発動。

殲滅の炎を左から真横に走らせ、五頭の階層の主を呑みこませる。

瞬間――轟音と凄まじい熱波。【大迷宮】の入り口付近一帯は猛火に包まれた。

手応えあり！　限定発動も上々。壁とかも……うん、直せる範疇ね。

周囲を見ると、退避した冒険者達が顔を引き攣らせていた。

何よ？　文句があるわけ？

「……ハナ、やり過ぎですよ」

タチアナが手を額にやり、天を仰いでいる。そんなことないでしょっ！

【神葬(しんそう)】や【灰塵(かいじん)】、【虚月(こげつ)】とかを撃ってないだけ、自重してるじゃないっ！

同意を求めるべくお師匠を見上げ――突如、猛火を切り裂き無数の剣が私へ殺到してきた。殲滅の炎を受けて反撃？

咄嗟(とっさ)に魔杖を持っていない右手で迎撃。杖(つえ)に傷がついたら嫌だ。

数十の魔法障壁と剣の群れが衝突。

業火(ごうか)の中で三本首の生物が咆哮(ほうこう)し、三つの特級魔法を発動させてきた。

「っ！」

削られていた私の魔法障壁を炎・雷・毒の息吹(いぶき)が貫通――頭に優しい手が置かれた。

花を象(かたど)った【千楯(せんじゅん)】が前方へ展開され光を散らしている。

――目の前にお師匠が降り立っていた。

「ハナ、杖を大事にしてくれてるのは嬉しい。だけど、自分の事も大事にしないと駄目だよ？　後でお説教だ」

……ごめんなさい。助けてくれてありがとう。

でも、お説教は嫌っ！　お説教中のお師匠、意地悪なんだもんっ！

＊

「……嘘でしょ？　団長の【滅葬】に耐えたの？」

「ヴィヴィ、呆けないでっ！」

ハナが放った特級魔法を受けてなお反撃してきたのを見て、唖然としてしまっている猫族の少女を私は叱責しました。

「は、はいっ！　副長！」

慌ててヴィヴィは槍を構えます。

直後、猛火の中から、ぬっ、と現れた巨大な魔獣は、冒険者達を更に動揺させました。

「大蛇の尻尾と獅子のたてがみ……三本首……」「馬鹿なっ……」「夢でも見てるのか？」

──第百二十層の階層の主。『冥界番犬』。

炎の中からは更にもう一体、強力な魔力反応。少しマズいですね。

私が前に──

「タチアナ、落ち着いて」

ハルさんの声が響き、自分の身体が軽くなりました。七属性支援魔法！

周りの冒険者達も『!?』。全員にかかったようです。

育成者さんの魔杖が突風を発し、猛火を吹き散らします。

大迷宮入り口前にいたのは――禍々しい漆黒の『悪魔』。

羊頭で背丈は男性冒険者の数倍。爪は長剣のようで身体は鈍い金属の光。左半身には酷い火傷を負い、傷口は未だ燃え続けています。あいつが【滅葬】を防いだようです。

ハルさんの指示が飛びます。

「悪魔はハナが。狗は残りの子達で抑えておくれ。――君達には今、七属性支援魔法を七重掛けしている。全力で腕を振るっておくれ」

『！』

皆、唖然茫然。カールとブルーノも驚愕しています。

してないのは、ハナと私くらいです。

「いきますっ！」

血気盛んな猫族の少女が『冥界番犬』に向けて走り出しました。

すぐさま私と各クランの前衛陣が並走。カールとブルーノがヴィヴィを賞賛します。

「見事な心意気だ」「けど、若い奴には負けねぇ！」

二人は更に速度をあげ、『冥界番犬』の前脚に鋭い斬撃。

激しい金属音。双剣と戦斧が長い爪で受け止められます。

その隙に老格闘家が魔力を込めた全力の正拳突きを胴体に叩きつけました。

「はっ！！！！」

魔法障壁を貫き番犬の身体が束の間浮き、そこへ冒険者達の連続攻撃が次々と突き刺さり、黒の血が舞い散ります。

『グルルルッ！！！！』

前脚と蛇の尻尾を振り回し、私とヴィヴィを除く前衛陣が吹き飛ばされてゆきます。

番犬の三つの口には、それぞれ炎・雷・毒。至近距離で放たれるとマズイですね。

攻撃を掻い潜ったヴィヴィは前脚を蹴り、

「てやぁぁぁぁぁ！！！！！！！」

中央の頭へ全力突きを敢行。顔を半ば吹き飛ばし、空中へ飛び出しました。

『冥界番犬』が攻撃せんと三つの頭をもたげ――右頭をソニヤの『一射』が直撃。

同時に、マーサの放った氷塊が左頭を襲い、どちらも一時的に、行動不能へ。

残った最後の頭の口には、炎が見えていますが、

「させませんっ！」

【楯】を叩きつけ、強制遮断。その間に、ヴィヴィは地面へと着地しました。

番犬は苛立たしそうに、牙と前脚を振るってきますが、

「負けないっ！！！！」

私は剣と【楯】を駆使し猛攻を凌ぎに凌ぎ続けます。

後方から冒険者達の賞賛と、カールの叱責。

「す、すげぇ……」「何時にも増して冴えてねぇか？」「タチアナの嬢ちゃん……」「呆けるなっ！【蒼薔薇】だけに戦わせるつもりかっ！」

すぐに前衛陣が再突撃を敢行。

隣にカールが躍り出て右前脚の一撃を双剣で止めました。

私は【楯】を剣へ一部集束させ左前脚を横薙ぎ。

血しぶきが舞う中、名前を大声で呼びました。

「ソニヤ！」「マーサ！」「ヴィヴィ！」

「はいっ！」「いきますっ！」「ああああ！！！！」

ソニヤの【一射】が左の首を射抜き、マーサの槍を模した【紅蓮】が右の首に突き刺さ

り炎上。そこへ、槍に全魔力を注ぎ込んだヴィヴィが番犬へ再突撃！

ヴィヴィは、近場にいる前衛の肩を蹴り大跳躍。

「これが、私の全力だぁぁぁぁぁ！！！！！！！！！！」

槍を中央の首に突き立て、魔力を解放！

猛吹雪が巻き起こり、弱っていた三本の首を凍結させていきます。

「今ですっ！　全力攻撃をっ！」『おうっ！！！！！』

私が、カールが、ブルーノが、精鋭冒険者達が、全力攻撃を叩きこみます。

『冥界番犬』はそれでも激しく抵抗。

ヴィヴィが吹き飛ばされ、前衛陣も攻撃を受け負傷者多数。

けれど、ハルさんと後衛陣が即座に治癒。

確実に押し続け、弱らせていきます。いけますっ！

――凄(すさ)まじい熱波が頬を撫(な)でました。

「？　何が――」

前脚の攻撃を剣で受け、状況を確認。

ハナの相手である【悪魔】が、炎の中でのたうっているのが見えました。単独で圧倒してしまっているようです。

うちの団長は強いんですっ！

「カール、ブルーノ」「任せろっ！」

最前衛を【双襲】と【戦斧】に任せ、私は後退。ハルさんの傍へ戻ります。

育成者さんは【大迷宮】入り口の階段上で、怒りに震えている黒外套へ語りかけました。

「君じゃこの子達には勝てないよ」

「だ、黙れっ！　汚れた人間共めっ‼　ボクにはまだこれがあるっ‼」

「【全知】が作った【偽影の小瓶】かい？　確かにそれは強力だ。――でもね」

ハルさんの魔杖から再度の突風。

「っ！」

黒外套のフードが飛ばされ、焦った顔が露わになりました。

――想像以上に幼い容姿の少女。頭には二本の小さな角。目は金色で、長い髪は半ばまでが黒。それ以降は様々な色がごちゃ混ぜで肌は雪を思わせる白さ。

先日、帝都で戦った【人形遣い】に似ている。ただ……あの男の肌は浅黒かったですが。

ハルさんが続けます。

「瓶は魔力を幾ら集めても、君が知る『影』しか生み出す事は出来ない、結果――」

「お師匠、終わったよー。褒めて、褒めて♪」

ハナが子供のように、育成者さんの傍へ飛んできました。

視線を向けると、悪魔が炎の中で動かなくなり、消えていきます。

次いで、苦し気な唸り声と倒れる音。

『冥界番犬』が体中から血を流し、地に伏し消失。冒険者達の大歓声が轟きます。

ハルさんが憐憫の視線を向けられました。

「こうなる。『鋼』も『狗』もこれ程、弱くはない。階層の主もね。【偽影の小瓶】を使おうにも、魔力がなければ意味もないだろう？」

余裕を完全に失った少女が喚き散らします。

「……お前は誰なんだっ⁉　どうして、その瓶のことを知っている‼」

ハルさんは小首を傾げ、胸元から鎖を取り出され、《魔神の欠片》の断片を見せました。

鈍い光を放っています。

「おや？　てっきり僕とこれを狙ってきた、と思っていたのだけれど。君はこの片割れを持っているんだろう？」

「そ、それは……！　そうか、お前が……御父様の仇の【黒禍】っ！！！！！」

《魔神の欠片》を見た少女の瞳が、大きくなりました。……ユヴランの妹？

――その時、私達の後方にそびえ立っていた、分厚い鋼鉄の正門に線が走りました。

『！』

　驚く私達の前でゆっくりと倒れ、轟音。……斬った？

　カールとブルーノが、土煙の中を指差します。

「あれは……」「おいおい……」

　土煙の中から現れたのは三人の男でした。

　一人は片手斧を持った信じられない程の巨漢。

　顔面と両腕には血管が浮き出し、肌には毛むくじゃらの体毛。【悪食】に似ている。

　もう一人は長刀を持った細身でフードを被った男。覗いている髪は真っ白です。

　……あの長刀。【光刃】の。

　そして、最後の一人は――またしても黒外套。

　少女が驚愕しました。

「なっ⁉　ど、どうして、お前が来たんだっ！　馬鹿ユグルトっ！！！！」

　問いかけに答えず、新たに出現した『ユグルト』という男は周囲を見渡しました。

　苦々し気に吐き捨てます。

「……『迷宮都市』の上位冒険者ばかり。特階位までいるとは。だからあれ程言ったのだ。

『冒険者共を侮るな』と」

少女は字義通り地団駄を踏み、癇癪を撒き散らしました。

「う、うるさい、うるさい、うるさいっ！　汚れた人間如き、ボクだけで十分だっ‼　お前の力なんかっ、借りるものかっ‼」

「……馬鹿がっ」

黒外套の男は苦々しく吐き捨て――姿が掻き消えました。

ハルさんが呟かれます「……渡影術」。帝都でユヴランが使った技。

『！』

他の冒険者達が微かに動揺。後方より少女への叱責。

「貴様が死ぬのはどうでもいい。が――ここでお前が敗れれば、我等のことも露見する。それは許容出来ぬ。そんな事も分からないのか、この間抜けめっ！」

「なっ⁉　ボ、ボクがこんな連中に負ける……？」

「現に負けかけている。迷宮都市の上位冒険者の殆ど。……この連中相手に、真正面から殴り合うなど。ここでお前を始末した方が良いかもしれんな」

「ボ、ボクは、ボクは……！」

【大迷宮】入り口前の階段上で言い争う男と少女。

カール達は既に武器を構え、魔法を紡いでいきます。

ハルさんが問いかけられました。

「懐かしい技だ。先日、帝都でも見た……君は何者だい？」

「答える義理はない。まして——これから、死ぬ人間には、なっ！」

そう言った瞬間、男の影が盛り上がり、次々と何かが飛び出してきました。

漆黒の巨軀。異常なまでに発達した両腕と桁違いの魔力。巨猿に似た魔獣。

数は十三。一体だけ、毛が灰色です。

「特異種【悪食】」「！　タチアナ、後ろだっ！」

——背中に殺気。

振り返る前にカールが双剣で血のような長刀を受け止め、弾き返しました。

反動でフードが吹き飛び、顔が露わに。

『！』「あ、貴方は……」「まさか……」「おいおい、マジかよ……」「わ、若様っ！」

——長刀の剣士の名は【光刃】のトキムネ。

けれど、髪は黒から白へ。肌や瞳にも生気はまるでありません。

太刀筋の鋭さも数段増し、何より——甘さが消え、冷たい殺意のみ。

既にブルーノも巨軀の男と交戦中。戦斧と片手斧の間に火花が散ります。

【悪食】も冒険者達に襲い掛かり、【大迷宮】からはまたしても、無数の魔獣が再び溢れ、大穴の開いた正門へ向かって行きます。マズイですっ！

　カールが叫びました。

「ブルーノ！」

「普通の魔獣を相手にしている余裕はねぇっ！　外は他の連中に任せるしかねぇぞっ！　黒髪の、それでいいよなっ！」

　ハルさんが頷かれ、眼鏡の奥の目を鋭くされました。

「構わないよ。他の皆も目の前の敵に集中を。単独で相手はしないように。十三体全て特異種。【悪食】の改良型だ」

「ちっ！　言ってくれる、ぜっ」

　ブルーノが戦斧の切っ先に紡いでいた、鋼属性攻撃魔法『鋼槍』を発動。

予期していなかったのか、巨軀の男はそれを真正面から喰らい――

「⁉」

「被験体一〇三二号は気に入っている。生半可魔法など効かぬよ。途中で拾った三八六四号も中々の調整具合だ」

　百層以降の魔獣にも通用するブルーノの《鋼槍》が、魔力障壁によって消失し、黒外套の男が嘲笑しました。

少し離れた場所から激しく切り結ぶ音。カールとミチカツの叫び声。

「何故だ【光刃】！　貴様はいけ好かない奴ではあったが、理由なくこのようなことをする男ではなかった筈だっ！」

「若様っ！　目を、目をお覚ましくださいっ‼」

「…………」

生気無き白髪の男からは、答えがありません。

「残念だ。せめて剣士として――倒す！　ミチカツ殿」「……くっ！」

再びの激しい斬撃音。

カールとミチカツが二人がかりでトキムネを抑えてくれています。

助けに行きたいのですが……考えこまれていたハルさんが静かに口を開かれました。

「ハナ、タチアナ」

「なに？」「はいっ！」

「すまないけれど……周囲の邪魔な『影』を抑えてくれるかい。彼等と話をしたい」

私達は顔を見合わせ、破顔。

ハナが魔法を並べ、私も【楯】を最大展開。歓喜に呼応し魔力が光り輝いていきます。

「仕方ないなぁ、お師匠は。でも、いいよ！　さっきの借りも返したいし」

「分かりました。あ、ハルさん、お礼は、デート一回でお願いしますね♪」

「……タチアナ、私の前でいい度胸ね」

「早い者勝ちです」

「私の副長が可愛くないっ！　【雷姫】の影響なの⁉」

「ハナ、レベッカさんはとても可愛らしい方ですよ？」

「仲が良くて何よりだね。お願いするよ。──さて」

　ハルさんの表情と雰囲気が変わり、真剣な顔つきになられました。

　黒外套の男──ユグルトへ語りかけ始めます。

「もう一度敢えて問おう。君は、君達は何者かな？　帝都でも君達の兄弟だと思える【人形使い】に出会った。【偽影の小瓶】を持ち、【渡影】を使い、人為的に特異種を創り出し、人をも改良する。僕が知る限り、そんな事をしていたのは……かの『禁忌犯し大罪人』の一人『偽錬金術師』だけなのだけれど」

「⁉　き、貴様ぁぁ‼　ボク達はっもがっ」

　ハルさんの言葉を聞いて少女が激高しました。瞳が深い深い深紅。

　ユグルトが口元を押さえ止めていますが、視線はハルさんを射抜かんとする程です。

「……黙っていろ。分かり易い挑発だ。答える義理はない。……貴様こそ何者なのだ？」

「しがない育成者さ。君は、二年前【悪食】を放った子だね？　奇縁というべきなのかもしれないな。ユキハナで【悪食】を倒したのは僕だよ」

「……貴様」

男の声色には色濃い緊張。

私とハナは、周囲の冒険者達へ援護の魔法と【楯】を放ちながら、固唾を呑みます。

少女がユグルトの手から抜け出しました。

「こいつが何だと言うんだっ！　父上の――【全知】の子であるボク達が恐れる必要は」

「……馬鹿がっ‼」

ユグルトが怒鳴りつけ、ハルさんが得心されます。

「なるほど。確信を得たよ。それじゃ――」

「とっとと終わりにするわねっ！！！！！」

「「っ！？！！」」

黒外套達が反応する前に、

──眩(まばゆ)い無数の雷光が降り注ぎ、黒外套達や魔獣を打ち据えました。
大時計塔まで上がる土煙の中、周囲へ【楯】を展開。
手を翳(かざ)しながら、上空を見上げます。
あれは──……飛竜。乗っているのは二人。
何事かを話し合い、ふわり、と一人の美少女がハルさんの前に降り立ち、対して飛竜は
ぐんぐん、上昇していきます。
白金の長髪を紫色のリボンで結い上げ、片手には雷龍の剣。
ハルさんと視線を合わせ、胸を張りとっても自慢気な様子です。
育成者さんは、苦笑。
「……レベッカ。また、随分と派手にやったね？」
「当然っ！　だって、ハルに呼ばれたんだから！」

＊

突然、現れたレベッカさんに驚きつつ、私は周囲の冒険者達を確認します。

――皆、深手を負った者はなし。

咄嗟に展開させた【楯】の内側にも分厚い魔法障壁。ハルさんのですね。

ハナが眦を上げて猛りました。

「こ、この暴走娘っ！　当たったらどうするのよっ‼　……あんたが【雷姫】ね？」

レベッカさんは肩に剣を置き、訝し気。同時に私へ声をかけてきます。

「タチアナ、無事ね！　あと――ここにはハルがいる。私の魔法なんか、どうにかしてくれるに決まってるじゃない。そうでしょ、【灰燼】さん？」

「はい！」「うぐっ！……お、お師匠っ！　どういう教育してるのっ！」

「ハナ、落ち着いて。レベッカもからかわない。エルミアに似ていたよ？　――あの子と一緒に来たようだね？」

「……似てない。白壁の外のを狩るって」

「そっか。タチアナ、本当に平気かい？」

声をかけられ、自然と背筋が伸びました。どうしても嬉しくなってしまいます。

「あ、は、はいっ！　魔法、ありがとうございました」

「【楯】の形状変化もほぼ自分のものにしたみたいだね。素晴らしい。さて……レベッカ、どうして来たのかな？」

「はい♪」「！」

天下の【雷姫】様がわたわたされます。

早口で言い訳。

「……ハ、ハルが伝えてきたんでしょう？　特階位の冒険者を、って。タバサはメル達が守ってるわ。勿論（もちろん）、帝都でね。誰かさんの言いつけ通りにっ」

ハルさんが呆気（あっけ）に取られ――次いで、表情を崩されました。

「やっぱり、エルミアに似てきたね。仲良しだからかな？」

「……そんな事ないわよ。もうっ！」

「ふふふ。さて――ハナ」

「ん～」

ハナが無造作に魔杖（まじょう）を振りました。

暴風が吹き、土煙が空に舞い上がり消えていきます。

「終幕だね」

ハルさんの穏やかな声が耳朶（じだ）を打ちました。

――レベッカさんの雷により、敵はほぼ壊滅していました。

【悪食】は色違いの一体を除き地面に倒れ、消えていきます。

『レベッカァァァァァァァ！！！！』

持っていた片手斧ごと右腕を喪ったらしい巨軀の男からは凄まじい憎しみの声。

レベッカさんを知っている？　見ると小首を傾げ「……誰？」。

ハルさんが目を細められ、険しい顔で小さく零されました。

「二年前の《剛力》持ちの野盗崩れ……人と【悪食】を混ぜたか……」

敵方で辛うじて戦闘力を保持していそうなのは、カールとミチカツと渡り合っていたトキムネのみ。

対して味方は──「くっ……」「わ、若様っ……」カールが片膝をつき、ミチカツも血を流し負傷していますが、他は全員ほぼ無傷。

フードを飛ばされ素顔を晒し、ユグルトが荒い息を吐いています。

髪と肌の色、顔立ち、左頰の刻印も──ユヴランと似ています。

ユグルトが片手を挙げると、【悪食】、巨軀の男、トキムネの姿が影の中へと消えていきました。魔力切れのようです。

そして、静かに……とても静かに語り出しました。

「……【灰塵】に【不倒】。そして、先程の雷撃……【雷姫】か。大陸にその名を知られる特階位が三人。他の冒険者達も戦闘力を保持。何より――貴様の存在。そして、此方は手駒の展開すらままならない。勝ち目は薄いな」

黒外套の少女が摑みかかります。

「お前っ、何を言って！」

「……事実だ、このままでは確実に全滅する。逃走すら出来まい」

「冷静だね。投降を推奨するけれど」

ハルさんの言葉を聞いた途端でした。

今まで淡々と話していたユグルトの顔が見る見るうちに赤くなり――凄まじい激昂。

「大馬鹿め。断じて、断じてっ！　貴様になぞ、投降などするものかっ！　我が父を裏切り殺めた貴様に、我等の大望を邪魔などさせん!!!　我等は世界に思い出させなければならんのだっ！　二百年前の【大崩壊】、その真実をっ！　貴様等が『大罪人』と呼んでいる【全知】が如何にこの世界を救うのに尽力したのかをっ‼　その為ならば……この世界なぞ滅ぼしてみせるっ！！！！　ユマ！　小瓶と欠片を寄越せっ！」

「きゃっ！　な、なにを――」

ユグルトは少女から小瓶と欠片の断片を奪い取り――断片を小瓶の中へ入れました。

「……これは」『！』

黒外套達を中心に凄まじい魔力が渦を巻き、蠢き何かが形作られようとしていきます。

し、信じられません。こ、これ程の魔力が、世界に存在して⁉

「タチアナ！　【楯】を最大展開っ！　乱暴娘も魔法障壁っ！」

「！　は、はいっ！」「わ、分かったわっ！」

ハナの指示で、私とレベッカさんは、【楯】と魔法障壁を最大展開。

当然、ハナや他の冒険者達もそれに呼応し、階層の主との戦いでも張られたことのない規模の障壁が展開されていきます。

けれど……立っていることすらも困難です。

唯一人、魔杖を持ち真っすぐ立っているのは――厳しい表情のハルさんだけ。

やがて、暴風が一ヶ所に結集していき、空が禍々しい黒に染まり、大広場の地面も闇に。

その一切の光を通さない漆黒の闇の中から、人が浮かび上がってきました。

漆黒の腰まで達している長髪に処刑される人物が着るかのような簡素な白服。手に持っているのは闇に染まった古い古い騎士剣。表情は前髪で半ば隠れ、分かりません。

『っ！』

歴戦の冒険者達が蒼褪めます。

私の心中にも特大の恐怖。剣を両手で握り締め、自分を奮い立たせます。

——大丈夫。何も心配はいりません。だってこっちにはハルさんがいるんですから。

ちらりと御顔を見て——私は息を呑みました。レベッカさんとハナも同様です。

あの何時も優しく穏やかで、温かいハルさんが……悲しそうに、そして寂しそうに顔を歪ませていました。目には薄らと光るものすらも見えます。

ユグルトが勝ち誇り、目を血走らせて叫びました。

「見よっ！！！！　我が願いを聞き届け、人に、世界に裏切られた【勇者】は此処に顕現したっ！！！！　【六英雄】筆頭の力、思い知るがいいっ！！！！」

『！？！！！』「ひっ」

私達は身体を硬直させ、黒外套の少女も怯えています。

【勇者】？　こ、この少女が？？

戸惑う私達を後目にハルさんは眼鏡を外し、袖で涙を拭われました。

「……そうか、それが君の、君達の答えなのか。たとえ、どんな理由をつけようが、どんな力を使おうが……君が【全知】の息子であっても、死者を弄んでいることに変わりはない。残念だ。とても残念だ。ハナ、レベッカ、タチアナ」

「「は、はい……」」

ハルさんが告げられます。

「手加減抜きでいい。今使える最大攻撃を、【勇者】へ。……こんな馬鹿馬鹿しい舞台に無理矢理、上げさせられた、『彼女』への手向けだ。早く帰してあげなければ」

「……うん」「……了解」「……分かりました」

「カール君、ブルーノ君、皆を門の外へ退かせておくれ。ヴィヴィ、ソニヤとマーサもだ。少し暴れるからね。巻き込んでしまう」

「お、おう」「…………」

二人は頷き、冒険者達が白壁内から後退。

屋根の上のソニヤとマーサも、ヴィヴィの合図を受け退避していきます。

ハルさんがレベッカさんと私を呼びました。

「レベッカ、タチアナ、レーベと眼鏡を頼むよ」

「え？　あ、う、うん……」「は、はい……」

ハルさんは私達へ魔杖と眼鏡を渡し、前へ進んで行かれます。

その右手には――残酷なまでに美しい短刀。

鞘(さや)から抜き放つと黒の魔力が溢(あふ)れ、微(かす)かに鈴の音。

たった、それだけのことで……肌が粟立(あわだ)ちます。

ハナが呟(つぶや)きました。

「……エルミアの言っていた、神をも殺す魔短刀【盛者必衰(じょうしゃひっすい)】」

ハルさんが短剣を構えられると、剣身が漆黒の闇を纏(まと)い長く伸びていきます。

大広場全体に黒紫電が飛び交い、そして、凛々(りり)しく宣告されます。

「【全知】が君達に何を伝えたのかは知らない。けれど――言葉を返そう。『君達』が幾度この世界を滅ぼそうとしても、僕は必ず止めてみせる。そう、旧(ふる)き友人と約束したんだ」

……とても辛(つら)そうです。見ていられません。

私はレベッカさんと目配せ。

ハルさんの隣へ進もうとし――小さな手に袖を握り締められました。

「……ママ、タチアナ、駄目」

「レーベ？」「レーベちゃん？」

いつの間にか魔杖は消え白服の幼女となり、私達を見てゆっくりと頭を振ってきました。

戸惑っていると、迷宮都市の遥か上空から無数の光が闇を切り裂き、流星雨の如く都市全体に降り注ぎました。

壁の外で感じられていた、魔獣の魔力が消えていきます。こ、これって！

私はレベッカさんを見ました。

「エルミアの【千射】よ。『この程度、問題ない』らしいわ」

「っ！」

強いのは理解しているつもりでした。ですが……。

「始まるわよ」

ハナの声が聞こえ――前方からは大気を震わす激突音。

ハルさんと【勇者】が、凄まじい速度で刃を合わせているのが辛うじて見え、次の瞬間には、漆黒の斬撃で壁が、【大迷宮】入り口の大柱が、地面が切り裂かれていきます。

身体が勝手に震えてきました。

特階位の私が、七属性支援魔法を受けている状態でなお、目の前の戦闘を追い切れず、何が起こっているのかも分からない……。

隣のレベッカさんも、唇を噛み締め、今にも泣きそうです。

ハナが不機嫌そうに声を発し、魔杖を構えました。

「そこの暴走娘、不本意だけど合わせるわよ。タチアナも準備して」

「私……………」「ハナ……」

団長が鋭い視線を私達へ叩きつけました。

「レベッカ、タチアナ、貴女達は強いわ。でも——……まだ、足りない。お師匠があの短刀を抜いた時点で私達に出来ることはない。大陸にいる前衛で肩を並べて戦えるのは極僅か。最低でも、サクラやファンの域に達してないと足手まといよ」

「「…………っ！」」

私とレベッカさんは、仮にも特階位。【不倒】【雷姫】なんていう異名も持っています。

……そんな私達が、一緒に戦う資格すら、ないなんて。

過去経験した記憶がないほどの悔しさがこみ上げてきます。

同時に——……気づいてしまいました。私が、これから何を目指したいのかを。

そうです。私は……私はっ！

レベッカさんが俯き――がばっと、と顔を上げました。涙を拭われます。

「――……分かったわ。遅れるんじゃないわよ？　お姉様？」

「はっ！　誰が！」

ハナもまた前方を睨みつけています。みんな、悔しいんです。

ハルさんと一緒に戦えないことが。

剣を構え、魔力を集中させます。育成者さんは『最大火力』と言われました。

なら……私だって！

剣を高く掲げ、十三枚の【楯】を集結させます。魔力に反応し、花片が舞い始めます。

レベッカさんとハナが詠唱を開始しました。

「『天を統べし者よ』」

「『我は問う』」

眼前では、ハルさんと【勇者】が何度も何度も激突を繰り返しています。

ようやく目が慣れ、少しずつですが、何が起こっているのかが見えてきました。

ハルさんの短刀と騎士剣、その双方から放たれているのは強烈な黒光。

両者とも、纏っているのは黒雷。

超高速の斬撃と黒紫電は光の筋となり、まるで舞を踊っているようです。

不謹慎かもしれませんが――とてもとても美しい……。

そうこうしている内に、斬撃の余波が冒険者ギルドを直撃。

真っ二つになり崩落していきます。

「！」「〜〜〜！」

ユグルトは恍惚の表情を浮かべ、ユマは慄いてるように見えます。

その間も、

「『其は剣。其は槍。其は斧。其は全てを貫きし物』」

「『我、鉄火の炎なり。戦火の炎なり。血に塗れし炎なり』」

レベッカさんとハナの詠唱は続き、私の剣の光も増していきます。

ハルさんと【勇者】が変わらず、切り結び、次々と周囲の建物、壁が崩壊。

遂には――両者の放った黒の斬撃が大時計塔を半ばから切り裂きました。

落下してきた大時計塔にハルさんが斬撃を放たれ、それを挟んで【勇者】も漆黒の剣閃。

地面に届く前に塵へと返っていきます。信じられません。

双方が持つ短刀と剣からはますます黒光が溢れ、周囲を漆黒に染めていきます。

火花が散る程の一撃を互いにぶつけあった後、ハルさんが嘯かれます。

「──強いね。だけど！」

地面を強く蹴り後退。

距離を取って両手持ちとし、刃を後ろに回して前傾姿勢を取られました。

すると、【勇者】もまた、

『──……』

微かに口元を動かし、その場でまるっきり同じ態勢に。

ハルさんが微笑されました。

「……たとえ死しても、断片だとしても、技は憶えていてくれるんだね。いくよっ！」

次の瞬間──ハルさんの姿が消え、一瞬で黒騎士の後方へ。

納刀の音が響いた時には騎士剣が半ばから折れ、宙を舞っていました。

「でも君は……所詮『影』だ。十三片にも満たない【魔神】が記憶し、【全知】の語った思い出の。そんなのに負ける程、零落れちゃいない。ハナ、レベッカ、タチアナ！」

ハルさんが鋭い声で命じられます。

後方のユグルトは呆然自失。ユナが何かを準備しているのが見えました。

私達は即座に応じ、

「【雷轟】」「【灰燼】」「いきますっ！！！！」

二発の超級魔法が解き放たれ、私も全力で剣を振りおろしました。

白雷、灰炎、蒼く輝く花の欠片を模した斬撃が、【勇者】へ襲いかかり、

――黒髪の少女が微笑むのが見えました。

今日最大の衝撃が巻き起こり、手を掲げて耐えます。

この一撃を喰らえば――龍だろうと、悪魔だろうと、生きてはいられないでしょう。

暴風の圧迫が軽くなります。

目を開けると、ハルさんがレベッカさんから魔杖を受けとり魔法障壁を張ってくれていました。

「どうやら、これで――」

終わりましたね、と話し終える前に、

――前方から地面を踏みしめる音が聞こえてきました。

土煙の中から、黒髪の少女が姿を現します。

「「！？！！」」

私達は声も出ません。

ま、まさか……あの一撃に耐えて⁉

前髪に隠されていた顔は……私やレベッカさんよりも幼く、タバサさんと同じ歳くらいの少女でした。

何処の国の人間かは分かりませんが……ハルさんに似ているように思います。

ハルさんが悲痛さを滲ませ、告げられました。

「……もういい。もういいんだ。もう、頑張らなくていいんだよ、アキ……」

それを聞いた少女は立ち止まりました。

少しだけ唇を動かし――直後、灰となって崩れ落ち、消失しました。

……今度こそ、終わった？

「ハル」「お師匠」「ハルさん、いったい彼女は――」

私達は言葉を喪いました。

目の前では、あのハルさんが――何時いかなる時でも、穏やかで優しくて、私達を導いてくださった育成者様が、途方にくれた表情を浮かべ涙を流されていました。

「『これが始まり』だって？　もうとっくの昔に全部終わっているんだよ？　それなのに、それでもなお君は、君達は……この世界を、僕を許してはくれないんだね」

エピローグ

「それで――あの黒髪の女の子は何者だったの、ハル？」

「……いきなりだね、レベッカ。今、珈琲と紅茶を淹れるから、少し待っておくれ」

迷宮都市での激戦を終えた翌日、【薔薇の庭園】団長室。

私はお茶の準備をしている黒髪眼鏡の青年へ素直に尋ねた。

ハナとレーベを膝上に乗せ御満悦なエルミア。ソファーに座っているタチアナと三人の新人団員。ダークエルフの子は「……し、白姫様？　ほ、本物？」ガチガチだ。

迷宮都市の猛者達は【戦斧】を除いていない。黒外套達の追撃に出ているのだ。

――今回の事件の被害は甚大だった。

【大迷宮】へ潜っていた皇帝直轄部隊は全滅。

人為的な『大氾濫』により溢れ出た魔物の多くは、冒険者と守備兵の奮戦、ハルの【黒雷】とエルミアの【千射】により多くが討伐されたものの、被害は皆無とはならず。

冒険者、守備兵に多くの死傷者を出し、設備や住居、道路、城壁、都市の象徴でもある、【大迷宮】入り口や冒険者ギルド、大時計塔も破壊された。

しかも、災厄を齎した黒外套達は逃げ、《魔神の欠片》の断片も奪われた。

贔屓目に見て、戦術的辛勝。戦略的敗北、といったところだろう。

黒髪眼鏡の青年は慣れた手つきでカップに珈琲と紅茶を注ぎ、次々と手渡していく。

――紅茶からは薔薇の香り。

先程来、ハルを見てはほんのりと頬を染め、レーベを見ては慈愛の視線を向けているタチアナをちらり。副長様が私に告げた。

「クランの庭で取れた薔薇です。……レベッカさん、迷宮都市に来るの、反則では？」

「緊急事態だったでしょ？　結果、『大氾濫』を食い止め――……切れなかったみたいね」

「？　どういう意味ですか？　食い止めた、と思うんですけど？？」

タチアナは不思議そうに小首を傾げた。イヤリングと蒼の花飾りが揺れる。

まさか、自覚無しなわけ⁉

「……うちの副長、しっかり者なんだけど、そっち方面は初心なのよ」

豪華な椅子に腰かけているハナが嘆息し、ブルーノも額に手をやっている。「……カール、生きろよ」。なるほど、ね。後で詳しく話を聞いておかないと。

未だハルに惹かれている自覚がないらしい、美人副長様が声をあげた。

「レベッカさんっ！　ハナっ！　な、何、二人で分かり合っているんですか⁉　ハルさん、二人が私を虐めるんです。慰めてくだ──きゃっ」

「させないわよ！」

紅茶を淹れ終えたハルへ自然な動きで近づこうとしたタチアナを、私は羽交い絞めにして食い止める。二人でジタバタ。

クランの新人らしい、三人の少女は口元に手をやり驚いている。

……そんなに珍しいのかしら？

私はタチアナを解放し、咳払い。エルミアとハナへ視線を向ける。

「こほん……一先ず棚上げにするわ。何れ、詰問を」

「ん」「……近く『招集』をかけて協議するわ」

珈琲のカップを手に取り、姉弟子二人へ聞く。

「あ、やるのね。メルからは聞いていたけど、何人くらいが集まるものなの？」

「まちまち」「結構集まるわ。女子限定だからそのつもりで」

「了解～」

「……エルミアさん、ハナ、レベッカさん、話が逸れています」

「――ん。ハル、そろそろこの子達にも説明が必要」

タチアアが話を強引に戻し、エルミアがレーベを優しく撫でながら、ハルを促した。

黒髪の青年が椅子に腰かけ、カップを片手で掲げる。

「答えられる限りは答えるよ。ただし」

眼鏡の奥の目が細まり、私達を見た。そこにあるのは――強い強い懸念。

ハルは胸元から、首飾りを取り出す。

――《魔神の欠片》が漆黒の光を瞬かせている。

黒外套が用いた欠片の片割れは結局、回収出来なかった。

「話を聞いたら、足抜けはなしだ。……【魔神】【女神】絡みになる。エルミアとハナには付き合ってもらうけどね」

「当然」「はーい。――ふふ～ん♪」

「ハル、折角だし、今ここで宣言しておくわ」

私は姉弟子の挑発に負けず、黒髪眼鏡の青年を見つめる。

――昨日、戦闘が終わった後からずっと、ずっと考え続けていたのだ。

息を吸い、決意を告げる。

「レベッカ・アルヴァーンは、もう二度と、貴方の足手まといにはならない。私……もっと、もっと、強くなるわ！　だから――」

　笑顔でお願い。

「これからも仲間外れにしないで私を導いてね？　【育成者】さん？」

「……レベッカ」

「ハルさん、私も御力になれると思います」

　タチアナが真っすぐハルを見て口を開いた。自嘲を零す。

「……正直、特階位になって私は目標を見失っていました。冒険者になったのも、実家に居場所がなくなったからで、想い入れはなかったんです。上に登れたのも、ハナとクランのみんながいてくれたのと、先天スキルのお陰、と思っていたので……」

「タチアナ……」「副長……」「タチアナさん……」「そうだったんだ……」

　ハナとソニヤ、マーサ、ヴィヴィが驚く。

　対してハルは静かに聞き、先を視線で促した。

「――……でも、今は違います」

　タチアナもまた黒髪眼鏡の青年をしっかりと見つめる。

そして、少しだけ恥ずかしそうに……けれど、確固たる決意を表明した。

「私は強くなりたいです。そして……ハルさん、貴方を守りたい。二度と、貴方にあんな悲しそうな顔をさせたくないんです。その為に──私、タチアナ・ウェインライトは特階位の上を目指そうと思います。あ、も、勿論、教え子にしてください、というおねだりじゃありませんよ？　大丈夫です！　もう十分見せて貰ったので！　見てくださいっ‼」

そう言うと、タチアナは軽く左手を振った。

ハルを除くみんなが一様に驚く。

「！」「……ふむ」「こ、これって」「「「ふわぁぁぁ」」」「ま、まじかよ……」

──タチアナが生み出したのは、美しく輝く【蒼薔薇】。

【名も無き見えざる勇士の楯】を十三枚重ねて⁉

美人副長は、上目遣いでハルを見つめた。

「ど、どうでしょうか……？　昨日よりも、精度は上がった、と思うんですが……？」

「──……ハナ、エルミア、レベッカ、見ただろう？　これが、タチアナを教え子にしない理由さ。一を聞いて百を実行してみせる子に、僕は付いていなくていい」

「……納得」「ん。レベッカ、安心した？」「こ、ここで、私に振るなっ！」

はぁ……天才っているのね。嫌になるわ。

……まぁでも。

私は拳を突き出し、名前を呼んだ。

「タチアナ」

「レベッカさん？　……あ」

美人副長はきょとんとした後――嬉しそうな顔になり、拳を合わせてきた。

ぶつけ合い、頷き合う。

一緒に頑張りましょう！　打倒、姉弟子その他よっ！

エルミアは私達を見て「……にゃんわん同盟」と呟いている。レーベ、返しなさいよ！

ハナが新人団員達へ静かに通告。

「マーサ、ヴィヴィ、ソニア。貴女達は聞いてもいいけど、関わるのは禁止よ」

「……分かっています」「ですが」「あたし達も強くなりますよっ！」

少女達も決意表明。戦場での立ち振る舞い等を見た感じ、確かに強くなれるだろう。

ハルが大男へ尋ねる。

「ブルーノ君はどうする？」

「はんっ！　この【戦斧】、乗りかかった船が沈没しそうになっても、逃げ出した事はねえよ。カールからも言葉を預かってる。『クランとしては即断出来ない。が、【双襲】としては、力を貸すことを否定しない』ってな。……それに、だ」

ブルーノが言い淀み、黙り込んだ。

暫しの沈黙の後――言葉を絞り出す。

「あの黒外套共は何か危ねぇ。いや、危ねぇのは当たり前なんだが……俺が言いたいのは、だ。強大な力に対して、心が追いついてねぇ感じを受けた。あいつ等、まだガキじゃねぇのか？　どうもチグハグな印象が拭えねぇ。何か、ヤバイ感じがするんだよ」

「子供……」「確かに……」「技量は稚拙だった」

私とタチアナは言葉を零し、考え込み、ハナも淡々と批評する。

確かに今回遭遇した二人は、父親のことに触れられた結果、激昂し我を喪っていた。如何に魔力と使役する者が強大で、大英雄の遺物や《魔神の欠片》を用いても、使い手の技量と精神が追いついて来なければ、私達の敵ではない。

今回、撤退を許したのは、黒髪の少女に阻まれたから。それ以上、それ以下でもでない。

ハルが大袈裟に呆れる。

「……皆、苦労好きなのかい？　これからは難戦、悪戦続きになるんだよ？」

私は胸を張って、言い返す。

「今更よ。王都で報せを聞いた【舞姫】様なら、きっとこう言うわ。『あいつの敵は私の敵。それがたとえ世界でもっ！　……べ、別にす、好きじゃないんだからねっ！』って」

「ふむ……かなり似てる」「あのお転婆ならそう言うわね」「あはは……」

姉弟子達も私に同調し、タチアナが失笑する。

ハルが眼鏡を直し、笑みを浮かべた。

「……僕は良き教え子達に恵まれたみたいだね」

「そうよ？　嫌だって言っても離れないから！」

エルミアが鷹揚に頷き、椅子の上に立ち上がったハナと、頬を染めたタチアナも続く。

「当然。私がいるだけで万人力」

「お師匠、当たり前のこと言わないで！」「私もいます、ハルさん♪」

「タチアナは自重してっ‼」「な、何でですかっ⁉」

ハナと一緒に美人副長へ突っ込む。

寝ていたレーベがびっくりし私を見つめ、ふわぁ、と笑みを零し、再び瞳を閉じる。

ブルーノが嫌そうな顔をした。

「……俺は違うからな？　今まで、どういう教育をしてきたんだよ？　あと、お前さんのせいで、俺の親友は心を病みそうなんだが？」

「よく分からないけれど、ごめんよ。カール君によろしく伝えておくれ。皆もありがとう。

――では、教えておこう」

ハルの言葉に私達は身構える。

部屋の空気が緊張で重みを帯びた。

「僕が交戦した黒衣黒髪の少女の名は、アキ。【六英雄】筆頭にして世界を二度救いし【勇者】――春夏冬秋、その影だ。彼女は嘘を言わない。たとえ死んでいようとも、絶対に言わない。どうやら、世界の危機が迫っている。僕には世界を救う義理なんてない。でも、亡き友――弱虫、だけれどこの世界で誰よりも、どんな英雄達よりも勇気を持っていた、初代皇帝アーサー・ロートリンゲンとの約束、『子孫に願わくば助言と二度の機会を与えてほしい』は覚えている。グレンとルナに現皇帝の使者に出てもらおう。あくまでも秘密裡に。そうしないと、約束を破ることを厭うあの子が……【星落】がやって来てしまう。帝国は【大迷宮】へ兵を送っていた。このことを彼女が知れば大事になる。帝国は泣き虫アーサーが逝った後、既に二度、約束を破ってしまっているからね」

ユマ

迷宮都市から離れた森林奥地の名も無き洞窟。

今、ボクの目の前には、魔力を一滴残らず使い果たした男が瀕死で横たわっている。

治癒魔法をかけ薬品を使っても治らず、身体はどんどん冷たくなってきている。

男の両手を握り締めながら震える声を絞り出す。

「……ユ、ユグルト兄……し、死ぬ……のか……？」

数年ぶりに、兄の名をまともに呼ぶ。

すると、ユグルトは億劫そうに目を開けた。

「…………馬鹿が。俺はまだ死ねん。父上の御無念を晴らすまでは死なん。お前は、無事だな？　なら、とっとと被験体達と一緒に帰れ。俺は少し休み、後から、追いかける。

……二度と、単独行動なんかするな」

「嘘だっ！　父様だって、そう言って帰って来なかったじゃないかっ！　……もう、嫌だ。

家族が死ぬのは、もう嫌だよぉ……」

勝手に涙が溢れてくる。全力で治癒魔法をかけつづけるが、無駄だ。

い、いったい、何なのよっ、これはっ！

小さい頃に父様から聞いた、戦いのお話を思い出す。

『いいかい、ユマ。全ての魔力を使い果たしてはいけない。死力を尽くす、というのは耳触りが良い言葉だけれど……それは即ち、死んでしまうかも、ということなんだから』

……どうしよう。どうしよう。どうしよう。

ボクが馬鹿だったせいで、ユグルトが……私の世界でたった一人しかいない兄が死んでしまう。

頭を強引に撫で回される。

「……泣くな、馬鹿――お前が持っていた転移石で助かった。ありがとう。大丈夫だ。必ず、後から行く。だから、早く行け。……冒険者達を侮るな。追撃が来るぞ。行け」

「っ……ユ、ユグルト兄……」

手を握り締める。ゾッとする程冷たい。

このままじゃ間違いなく――その時、思いついた。

慌てて、父様の遺品でもある《偽影の小瓶》を取り出し、ネックレスに着けて置いた《魔神の欠片》の断片を引き千切る。兄が不思議そうな顔をした。

「……何をしている？　ユマ？」

「うるさいっ！　ボクは――ボクはっ！　二度と、家族を死なせないっ！！！！」

小瓶の中に《魔神の欠片》の断片を入れる。

「「っ！」」

尋常じゃない魔力の奔流。結界が吹き飛び、洞窟内全体を照らしていく。

――兄姉達は疑問に思っていないけれど、ボクは《魔神》が怖い。とてもとても怖い。

これは人が扱うには過ぎた力だと思う。

なのに――この状況でそんな物に縋るなんて、ボクは馬鹿なのかもしれない。

いや、きっと馬鹿だ。大馬鹿だ。

そうじゃなければ、ユグルトがこんな羽目に陥ることはなかった。

賢いこの兄ならば、正面からの対決は避け、退いたに違いない。

でも――無数の虹彩を放ち始めている小瓶を抱きしめ、強く、強く、強くっ‼

誰よりも強く、祈る。祈り続ける。

どうか、お願い。こいつを――あたしの大切な兄を救ってっ！！！！

「こ、これは……傷が⁉」

珍しく、ユグルトの驚く声が聞こえてくる。
その直後——光の波が一気に私達を飲み込み、ボクは意識を失った。

？？？


「ふ～ん……やっぱり、何かやってるんだね。私には内緒で。この前、会った時も何も教えてくれなかったのにな」

帝都の夜の中から戻ってきた魔法生物の小鳥を指に停め、私は独白した。

——あの人の教え子が帝都へ集結しつつある。

【閃華】【氷獄】【舞姫】。私の知らない若い子達も。

新しい妹弟子が、先端を吹き飛ばしたらしい陽光教大鐘塔の頂上に佇むと、夜風で長く伸ばした銀蒼髪とローブが風をはらんだ。

私の宝物であり、彼から贈られた純白のリボンを指で弄る。

月と星は黒い雲に覆われて見えない。

髪を押さえながら、独白する。

「……生意気なエルミアや他の子達ばっかり贔屓するんだから。でも――好き。大好き。世界で一番愛している。貴方が、私を想って内緒にしているのは分かってる。私の命は昔から貴方の物だから、雑に使い潰してくれていいのに……」

つい先日、数年ぶりに会った最愛の師の優しい、誰よりも優しい笑みを思い浮かべる。

……もしかしたら、今度会う時は叱られてしまうかもしれない。

想像しただけで身が竦む。

【魔神】【龍神】、【全知】【剣聖】と殺し合った時だって、怖いなんて思わなかったのに。

――私はかつて世界を支配した【魔女】の末。ラヴィーナ・エーテルハート。

神だろうと、英雄だろうと、世界を相手にしても、負けはしない。

だけど、あの人に……今は似合わない【育成者】なんてものをやっている、黒様に叱られるのは心の底から恐ろしい。嫌われたりしたら、生きる意味もない。……けど。

――雲が晴れ、月光と星灯りが降り注ぐ。

私の魔力に呼応し、無数の精霊が飛び舞った。

白い袖から手を出して腰に提げている、魔短刀の鞘をなぞる。

静かな鈴の音が聞こえた。

――眼下には白亜の皇宮。

小鳥を消し、嘯く。

「さぁ……弱虫アーサーの子達はどういう判断を下すのかな？　【大崩壊】から二百余年。人にとっては長い長い時。果たして、受け継がれているのか――……それとも、忘れ去られているのか」

再び、厚い黒雲が私の姿を覆い隠す。

闇に沈みながら、冷たく宣告。

「……仮に忘れ去られていて、貴方の忠告を聞かないようなら、容赦しないよ？　だって、私はもう二度も待った。三度目は好きにする。私には帝国を潰すだけの十分な理由が存在するんだから。そうだよね……アキ姉？」

私の問いに応えてくれる人は誰もおらず。

ただ、冷たい夜風だけが純白のリボンを靡かせた。

あとがき

四ヶ月ぶりの御挨拶、お久しぶりです、七野（なの）りくです。

……先月『公女殿下の家庭教師』（以下、『公女』）の最新刊で、同じ書き出しを書いているので頭が混乱しますね。

でも、予定通り出せたので許していただきたく。

お陰様で三巻となりました。本当にありがとうございます。

本作はWEB小説サイト『カクヨム』で連載中のものに、九割強程度、加筆したものです。

今巻は減るかな？　と思ったのですが、結局、そんなことはなく……加筆、という言葉の意味への挑戦は続く。


内容について。

とにかく、初出情報が多いです。

ただ、エルミアでお分かりいただいていると思うのですが……基本、古参の教え子であればあるほど、劇物です。

その点、双子の妹との仲を拗らせている団長さんは作者の味方。滅茶苦茶やっているようで、とてもいい子です。

……最古参組なんて、誰も制御利きませんしね。

ただ、物語が進んでいけば、彼、彼女達は必ず登場してきますし、作者としても書きたいと思っております。

魔女その一とか、魔女その二とか、二足歩行猫とかのエピソード、楽しいんですよ。

四巻以降も引き続き書いていきたいので、どうぞお付き合い下さい。

お世話になった方々へ謝辞を。

担当編集様、御迷惑をおかけしました。次巻も頑張ります。

福きつね先生、登場人物多数で大変申し訳なく……。けれど、次巻も多いです（何）。

よろしくお願い致します。

ここまで読んで下さった全ての読者様にめいっぱいの感謝を。

また、お会い出来るのを楽しみにしています。次巻の舞台は帝都。魔女、来たりて。

七野りく

辺境都市の育成者3
(へんきょうとしのいくせいしゃ)

迷宮の蒼薔薇
(めいきゅうのあおばら)

令和３年４月20日　初版発行
令和３年７月15日　再版発行

著者——七野りく(ななの)

発行者——青柳昌行
発　行——株式会社KADOKAWA
〒102-8177
東京都千代田区富士見2-13-3
0570-002-301（ナビダイヤル）
印刷所——株式会社暁印刷
製本所——本間製本株式会社

※定価はカバーに表示してあります。
●お問い合わせ
https://www.kadokawa.co.jp/（「お問い合わせ」へお進みください）
※内容によっては、お答えできない場合があります。
※サポートは日本国内のみとさせていただきます。
※Japanese text only

ISBN978-4-04-074070-6 C0193　◇◇◇

ティナ
四大公爵家のひとつ、ハワード家に生まれた公女殿下。なぜか誰でも扱える程度の魔法すら使うことができない。
変えるはじめましょう
アレン
公爵令嬢ティナの家庭教師を務めることになった青年。魔法の知識・制御にかけては他の追随を許さない圧倒的な実力の持ち主。
発売中!

世界最強の

“不可能任務”に挑む少女たちの
痛快スパイファンタジー！

スパイ
教室

竹町

illustration
トマリ